轻与重
FESTINA LENTE

姜丹丹 何乏笔（Fabian Heubel） 主编

谁，在我呼喊时

20世纪的见证文学

[法] 克洛德·穆沙 著　李金佳 译

Claude Mouchard

Qui si je criais...?

Oeuvres-témoignages dans les tourmentes du XXe siècle

华东师范大学出版社

华东师范大学出版社六点分社　策划

主 编 的 话

1

时下距京师同文馆设立推动西学东渐之兴起已有一百五十载。百余年来,尤其是近三十年,西学移译林林总总,汗牛充栋,累积了一代又一代中国学人从西方寻找出路的理想,以至当下中国人提出问题、关注问题、思考问题的进路和理路深受各种各样的西学所规定,而由此引发的新问题也往往被归咎于西方的影响。处在21世纪中西文化交流的新情境里,如何在译介西学时作出新的选择,又如何以新的思想姿态回应,成为我们必须重新思考的一个严峻问题。

2

    自晚清以来，中国一代又一代知识分子一直面临着现代性的冲击所带来的种种尖锐的提问：传统是否构成现代化进程的障碍？在中西古今的碰撞与磨合中，重构中华文化的身份与主体性如何得以实现？"五四"新文化运动带来的"中西、古今"的对立倾向能否彻底扭转？在历经沧桑之后，当下的中国经济崛起，如何重新激发中华文化生生不息的活力？在对现代性的批判与反思中，当代西方文明形态的理想模式一再经历祛魅，西方对中国的意义已然发生结构性的改变。但问题是：以何种态度应答这一改变？

    中华文化的复兴，召唤对新时代所提出的精神挑战的深刻自觉，与此同时，也需要在更广阔、更细致的层面上展开文化的互动，在更深入、更充盈的跨文化思考中重建经典，既包括对古典的历史文化资源的梳理与考察，也包含对已成为古典的"现代经典"的体认与奠定。

面对种种历史危机与社会转型，欧洲学人选择一次又一次地重新解读欧洲的经典，既谦卑地尊重历史文化的真理内涵，又有抱负地重新连结文明的精神巨链，从当代问题出发，进行批判性重建。这种重新出发和叩问的勇气，值得借鉴。

3

一只螃蟹，一只蝴蝶，铸型了古罗马皇帝奥古斯都的一枚金币图案，象征一个明君应具备的双重品质，演绎了奥古斯都的座右铭："FESTINA LENTE"（慢慢地，快进）。我们化用为"轻与重"文丛的图标，旨在传递这种悠远的隐喻：轻与重，或曰：快与慢。

轻，则快，隐喻思想灵动自由；重，则慢，象征诗意栖息大地。蝴蝶之轻灵，宛如对思想芬芳的追逐，朝圣"空气的神灵"；螃蟹之沉稳，恰似对文化土壤的立足，依托"土地的重量"。

在文艺复兴时期的人文主义那里，这种悖论演绎出一种智慧：审慎的精神与平衡的探求。思想的表达和传

3

播，快者，易乱；慢者，易坠。故既要审慎，又求平衡。在此，可这样领会：该快时当快，坚守一种持续不断的开拓与创造；该慢时宜慢，保有一份不可或缺的耐心沉潜与深耕。用不逃避重负的态度面向传统耕耘与劳作，期待思想的轻盈转化与超越。

4

"轻与重"文丛，特别注重选择在欧洲（德法尤甚）与主流思想形态相平行的一种称作 essai（随笔）的文本。Essai 的词源有"平衡"（exagium）的涵义，也与考量、检验（examen）的精细联结在一起，且隐含"尝试"的意味。

这种文本孕育出的思想表达形态，承袭了从蒙田、帕斯卡尔到卢梭、尼采的传统，在 20 世纪，经过从本雅明到阿多诺，从柏格森到萨特、罗兰·巴特、福柯等诸位思想大师的传承，发展为一种富有活力的知性实践，形成一种求索和传达真理的风格。Essai，远不只是一种书写的风格，也成为一种思考与存在的方式。既体现思索个体的主体性与节奏，又承载历史文化的积淀与转化，融思辨与感触、考证与诠释为一炉。

选择这样的文本，意在不渲染一种思潮、不言说一套学说或理论，而是传达西方学人如何在错综复杂的问题场域提问和解析，进而透彻理解西方学人对自身历史文化的自觉，对自身文明既自信又质疑、既肯定又批判的根本所在，而这恰恰是汉语学界还需要深思的。

提供这样的思想文化资源，旨在分享西方学者深入认知与解读欧洲经典的各种方式与问题意识，引领中国读者进一步思索传统与现代、古典文化与当代处境的复杂关系，进而为汉语学界重返中国经典研究、回应西方的经典重建做好更坚实的准备，为文化之间的平等对话创造可能性的条件。

是为序。

姜丹丹、何乏笔（Fabian Heubel）

2012 年 7 月

目　录

译序 / 1

他们无法统治空间

　　——读罗伯尔·昂代姆的《在人类之列》/ 14

空中的坟墓

　　——读曼德尔施塔姆、策兰和凯尔泰斯 / 44

我的良心是一只歪扭的鞋

　　——亚沃罗姆·苏兹科维尔在纽伦堡 / 73

在黑夜的边上

　　——读沙拉莫夫 / 86

杀人的一刻

　　——读大冈升平的《俘虏记》/ 106

他靠给予存活

——作为见证者的扬尼斯·里索斯 / 120

撕开世界的平乏

——关于于坚的未定笔记 / 137

诗与痕迹

——第一届西南联大文学节上的演讲 / 156

附录一　冻僵的人(长诗《证件》节选) / 169

附录二　如果这就是生活? / 179

译　序

　　克洛德·穆沙（Claude Mouchard）的《谁，在我呼喊时?》是一本研究见证文学的文学批评集。在近二十年来法国学者对于见证文学的研究中，这本书堪称力作。对"见证文学"这种提法，国内读者还不十分熟悉。借此译序之机，我对这个文学体裁先略作说明，以便读者能更好地理解这本书的论述对象，以及它的情感氛围。

　　见证文学是一种特殊的自传文学。它指的是那些亲身遭受过浩劫性历史事件的人，作为幸存者，以自己的经历为内核，写出的日记、回忆录、报告文学、自传体小说、诗歌等作品。若对见证文学的形成做一历史考察，可以上溯到经常被历史学家们认为是第一场现代战争的美国南北战争，而通过一己之经历，记述并反思这场战争之惨绝人寰的作品，比如惠特曼的《内战备忘录》(1863—1865),就经常被认为是见证文学的源头。然而严格意义上的见证文学,是随着第一次世界大战才真正发展起来的,因为从这一次战争起,极端形式的暴力开始同现代国家机器紧密勾结,在某一相当长的时期里,作为一种统治的纲常、一种或显或隐的"善"而存在。它依托于庞大复杂的官僚制度、高唱美丽的意识形态话语、或先进或原始的杀戮技术,有组织、大规模地消灭某一类型或某些类型的人。而界定或制造这些类型,既是国家权力的一个核心齿轮,也是它的一种氛围性的象征能力。

在一战中还是作为倾向而存在的这种制度化暴力,随着一战后各种现代类型的极权制度的建立,得到空前发展,而其所指的主要对象,也由一个外在于"我们"并因这种外在而构成威胁的"他们",变成那个在"我们"之中以其存在本身败坏"我们"的"你们"。或者说,由外敌变成败类。杀戮哲学这种由"敌对"——敌对尚含有某种平等观念——到"清除"的转变,使国家的、体制性的犯罪,在组织形态上由"战"转为"治",而其直接涉及的人数也就随之陡然加大数倍。灭绝是极权制度的大同之治:这在二战时期——二战中的太平时期——的纳粹集中营里,得到最精粹的体现。这一可怕的"治世"的余波,直到今天还在世界某些角落此起彼伏,并且随着资本主义全力推进的人的非人化进程,随时可能狂澜一样重新涌起。

由国家罪恶而导致的历史浩劫,在我们这个时代如此频繁发生,以至于它可以被看作奠基性、定义性的当代人的经验,成为贯穿于形形色色之"我"的一种集体人格。与此相应,书写这种历史浩劫的见证文学,在20世纪后半期也就发达一时,硕果累累。这不幸又一次印证了卢梭关于世丧乱而杰作出的说法。

　　见证文学的每一部作品,都是一本"浩劫录",都可以用"我的浩劫"作为副标题。它的产生有两个必要因素:一是浩劫的发生,构成见证的对象;一是经历浩劫的人,构成见证者。这个见证者,不仅遭受了浩劫带来的苦难和戕害,还要有相当大的承受力,能够从苦难和戕害中活过来,在浩劫之后书写浩劫;相当执着的记忆与思考的欲望,不是用忘怀痛苦来追求新生,而是毒蛇恶鬼一样纠缠于往事;相当成熟的写作技巧,能把被自己内化的浩劫诉诸笔端,使其变成一种存活于作品的文学经验。一言以蔽之,作为见证文学之见证者的我,必须足够我,才能在一场以消灭我为目的的浩劫中真正在场,才能在浩劫后出于也许无谓的坚贞,当着鲁镇中听故事的人,把那一种过往的在场讲述出来。而这一足够我的要求,大概是他们人生中最沉重的负担,甚至比浩劫本身所强加的肉体苦楚,还难以承受。也正是足够我的这个先决条件,可以使我们理解:灭绝性的浩劫曾在许多空间、时间里发生,而见证文学作为一

3

种文学体裁，却是在现代的欧洲格外发达。

　　见证文学的作者有一个特点，就是他们都是作为普通人——护士、医生、士兵、下级军官、难民、劳改犯、基层政治活动分子、名不见经传的犹太人——出于一个几乎是命运的偶然经历了浩劫，又出于另一个几乎是命运的偶然，侥幸死里逃生。因此，见证文学又可以称为"幸存者"或"余生者"的文学。它之见证，固然追求以一种尽量平实、客观的角度，讲出一个身经的事实，以供别人或后人对浩劫做出合理的判断。然而它作为幸存者的话语，更是、首先是一声叫喊，喊出一句"我还活着！我要说话，你听着！"它的真实，归根结底总是一个人的真实。围绕一个渺小的"我"在一场群体性灭绝中的疑惑、挣扎、丧失和重新获得，这种真实建立起来。而惟其个别，它也就格外人性、脆弱。它靠近情感而不是靠近权威，依靠人对人、人对语言的基本信赖而不是依靠证据，在它最具批判性和控诉性的段落，它也构不成一种政治话语，不具备审判的功能。见证文学不是英雄的文学，也没有拨乱反正的力量，无法提供一种是非代替另一种是非，因为是非在作者身经的浩劫中变得可疑。这一特点，将两类作品排除于见证文学的范畴之外：一是对浩劫或对浩劫的语录拥有相当主导权力的人——也就是那些站在话筒前说是说非的人，比如各个阵营的政治领袖、精神导师——所写的有关浩劫的自传作品，即使它是真诚的;一是不曾经历浩劫的人,从某一从无倾覆之虞的是非出发,凭借自己的阅读或想象,或者根据一段电视报道,稳坐书斋写出的以浩劫为题材的小说或诗歌,即使它是严肃的。见证文学是身经浩劫的普通一"我"的文学,"身"与"普通"同是它不可或缺的限定,而倾覆感和零余感是它据以成为真实的情感基础。

20 世纪所发生的浩劫,要而言之有三种形式:世界大战,种族灭绝,集中营或死亡劳动营。而与此对应,我们也可以粗略地把见证文学分为三个门类:"战争惨祸"文学,"种族灭绝"文学,"营"文学。这三个门类之间,当然没有截然区分的界限。比如,通称为"受厄"(Shoah)的德国纳粹对犹太人的屠戮,聚结着三种形式的浩劫:它发生在二战中,是一场种族灭绝,主要场域为集中营。因而,见证"受厄"的文学作品,也就同时属上面提到的三个门类。实际上,它们在整个见证文学中地位如此独特,数量如此众多,以至于我们可以将其单列为一类,称之为"受厄文学"。

受厄文学有世界声望的代表性作家,在德语方面有写《骨灰罐里的沙》(1948)和《罂粟与记忆》(1952)的保罗·策兰,写《以利》(1951)和《火迷》(1966)的内莉·萨克斯;法语有写《夜》(1958)的埃利·维瑟尔;匈牙利语有写《无命运的人生》(1975)的凯尔泰斯·伊姆雷;捷克语有写《与一颗星同生》

(1949)的伊日·韦伊(Jiří Weil);波兰语有写《别了！玛丽亚》(1947)的塔德乌什·博洛沃斯基(Tadeusz Borowski);意第绪语有写《维尔纽斯隔离区》(1945)的亚沃罗姆·苏兹科维尔(Avrom Sutzkever)和写《生命之树》(1972)的哈娃·罗森法博(Chava Rosenfarb)。在这短短一个名单中,已有内莉·萨克斯、凯尔泰斯·伊姆雷两位诺贝尔文学奖得主,而埃利·维瑟尔也主要是因其写作而获诺贝尔和平奖。的确,在见证文学中,"受厄文学"是杰作最多、成就最大、最受世人瞩目的一个门类,欧洲知识界谈到见证文学,首先想到的总是它。

至于受厄文学之外的其他三个门类,在"战争惨祸"——我的这种提法当然借自戈雅著名的版画——文学中,见证一战、至今仍被视为经典的作品,法国方面有莫里斯·热内瓦(Maurice Genevoix)的《14年的人》(1949结集定稿),德国方面有恩斯特·荣格尔(Ernst Jünger)的《铁的暴雨》(1921)。见证二战的作品,以日本一国为例,最著名的作品有大冈升平的《俘虏记》(1949)和《野火》(1951),以及峠三吉的《原爆诗集》(1951),分别以太平洋战争中普通一兵的视角和广岛原子弹受害者的眼光,描述战争的荒谬和残毒。

在"种族灭绝"一类见证文学中,继"受厄"之后最重要的书写对象,是1994在卢旺达发生的图西族屠杀事件,在这方面正在形成一个作者群,其中最知名的是尤兰德·马卡伽萨纳(Yolande Makagasana)。

　　至于"营文学",最重要的两个分支是"奥斯维辛文学"和"古拉格文学"。前一分支的代表作品是法国作家大卫·卢塞(David Rousset)的《集中营世界》(1946)和罗伯尔·昂代姆(Robert Antelme)的《在人类之列》(1947),意大利作家普里莫·莱维(Primo Levi)的《如果这是一个人》(1947),西班牙作家豪尔赫·桑普兰(Jorge Semprún)的《伟大的旅程》(1963)。后一分支的代表作品,有前苏联作家奥西普·曼德尔施塔姆的《沃罗涅日笔记》(1935—1937),瓦尔拉姆·沙拉莫夫(Varlam Chalamov)的《科雷马纪事》(1954—1973),亚历山大·索尔仁尼琴的《古拉格群岛》(1973),波兰作家居斯塔沃·赫尔林-戈鲁金斯基(Gustaw Herling-Grudziński)的《一个别样的世界》(1951),尤利乌斯·马尔戈林(Julius Margolin)的《则卡国之旅》(1952)。而德国作家玛格丽特·布伯-纽曼(Margarete Buber-Neumann),前后关押在东西两大极权体制的"营地"之中,根据这一特殊遭遇,她写出上下两卷回忆录,总题为《斯大林和希特勒的囚徒》(1949)。

　　对上面引到的所有作品做一时序上的梳理,可以清楚地看出见证文学的悲哀的"花季",是在1940年代末至1970年代初,见证文学的杰作大多问世于这个阶段。需要注意的是,见证文学在创作上的旺盛期,与它在出版、阅读和接受上的旺盛期,并不吻合。在很长一段期间,欧洲读者对这种文学作品没有特殊的兴趣。比如,发表于 1947 年的两部作品,罗伯尔·昂代姆的《在人类之列》和普里莫·莱维的《如果这是一个人》,现今被认为是见证文学的标志性作品,得到汗牛充栋的解读和研讨,然而它们第一次出版时,读者却寥寥无几:《如果这是一个人》在整个意大利只印行 2500 册;而《在人类之列》则要等到 1969 年,才有莫里斯·布朗肖写出第一篇重要评论。再如尤利乌斯·马尔戈林非常重要的《则卡国之旅》,同样于 1947 年即已写成,可是在波兰、西欧和以色列却都无法出版,只是到了五年之后,才由纽约一个专出东欧文学的小出版社付梓发行。

事实上,西方一般读者对见证文学的兴趣,只是到了 1970 年代,才随着一系列有关"受厄"的电视剧和电影的走红,渐渐浓厚起来。与公众的这种兴趣走向相适应,书写受厄的虚构性质的小说和仿回忆录,也在最近几十年间层出不穷,使它成为畅销书作者们翻来覆去编织着的一个主题,新锐作家追求文学奖、邀取批评界青睐或唾骂的一条捷径。这些关于"受厄"的虚构性作品,以文学质量或思想深度而论,良莠不齐,莠多良少。其实,1970 年代以来,对浩劫之"见证"的最具表现力的载体,已从文学向其他品类的艺术转移,在这些艺术当中,首先应该提到纪录片。法国导演克洛德·郎兹曼

(Claude Lanzmann)拍成于 1985 年的《受厄》,长达九小时,是纪录、反思受厄的典范之作,在欧洲影响深广,被许多人当作讨论受厄及 20 世纪一般历史浩劫的不可绕开的参考。而洋溢于这部纪录片始终的巨大诗意,由镜头运动与人物话语营造出的"此地此时"的时空感,使我们可以在某种意义上,把这部纪录片视为一篇不形之于文字的文学作品。

对于见证文学的理论探索,1990 年代以前多为关于某一作家、作品的个案研究,比如策兰和索尔仁尼琴,在七八十年代就成为众多文人学者阅读、阐释的对象。从 1990 年代以来,见证文学作为一个文学体裁,开始在总体上受到欧洲文化界和学术界的瞩目,获得广泛而深入的考察。紧贴文本对见证文学进行过细致分析的西方研究者,很多是哲学家,如法国的克洛德·勒弗尔(Claude Lefort)、雅克·德里达、让-吕克·南希、菲利浦·拉古-拉巴特(Philippe Lacoue-Labarthe),意大利的乔尔乔·阿甘本(Giorgio Agamben)。有些是历史学家,如以色列的索罗·弗里德兰德尔(Saul Friedländer)、意大利的恩佐·特拉维尔索(Enzo Traverso)。有些是语言学家,如法国的弗朗索瓦·拉斯梯耶(François Rastier)。而文学批评家方面,当然也有很可观的专著问世,如荷兰学者塞姆·德莱斯顿(Sem Dresdon)的《迫害、灭绝、文学》(1995),美国学者劳伦斯·朗格(Lawrence Langer)的《接纳灭绝》(1996)等。

克洛德·穆沙从 90 年代开始研究见证文学作品，陆续发表了多篇文章，至 2007 年拣选编辑，合集出版，题为《谁，在我呼喊时——20 世纪的见证文学》。书的题目取自里尔克《杜伊诺哀歌》的第一句："谁，在我呼喊时／会从天使的行列里转身回顾？"全书十余篇评论文章，分别讨论罗伯特·昂代姆、保罗·策兰、凯尔泰斯·伊姆雷、内莉·萨克斯、奥西普·曼德尔施塔姆、安娜·阿赫玛托娃、瓦尔兰·沙拉莫夫、扬尼斯·里索斯、大冈升平、峠三吉等人的文学作品；但对其他品类的艺术，比如柬埔寨导演潘礼德关于红色高棉的纪录片，也有专章论述。

克洛德·穆沙是一位文学研究者，从 70 年初到 2002 年退休，他一直任教于巴黎第八大学文学系，教授欧洲 19 世纪和现代文学。他同时又是一位诗人，担任巴黎著名刊物《诗 & 歌》杂志的副主编，以这本杂志为平台，为译介亚洲诗歌，特别是日本和韩国的当代诗歌，做出很多贡献。研究者和诗人的双重身份，使他在接触见证文学作品时，既保有学者的严谨，发言务求紧贴文本和史料；又对作品的诗性，表现出一种特殊的敏感和颖悟，并且能用精粹的语句加以言说，这构成了他批评工作的最大一个特征。在《谁，在我呼喊时》中，他围绕着见证文学的文学性，展开了一系列激动人心的追问：在文学甚至语言没有生存余地的极端情境下，何以会有伟大的作品诞生？

一个本应以忘却减轻痛苦的人,为什么终于提笔记录? 如果说,任何种类的极端情境的共同特征就是人与人关系的断绝,那么,在断绝之后到来的我们,对于这种产生于断绝的文学,能不能真的进入,与它建立一种冷峻深刻的联系? 在当下的情境下,在我们正在经历的这场普遍的人的消失中,见证和诗有什么内在的关系? 这些追问都注定是没有答案的,而惟其没有答案,它们容使我们继续追问,继续阅读、思考和生活下去。

从《谁,在我呼喊时》的十余篇文章中,克洛德·穆沙挑选出最重要的八篇,委托我翻译成汉语,介绍给中国读者。八篇的数量虽然有限,但其研究领域却覆盖了见证文学的所有分支,就考察的深度而言,也是作者最为满意之作。八篇文章中,有三篇关于苏联作家沙拉莫夫,写于不同的时期和场合,内容有重合之处。我把这三篇文章进行整理,合为一篇。因而,在本书目录中共有六篇文章来自 2007 年法语版的《谁,在我呼喊时》。

书中还收有一篇研究中国诗人于坚的文章,写于 2010年,发表于最近。严格地说,这篇文章的讨论对象——于坚的长诗《零档案》和《飞行》——不能算在见证文学之列。但是,既然这些诗篇写于一场浩劫之后,作者又是浩劫的亲身经历者,并且他现在的生活——我们的生活——还和那场浩劫千丝万缕地联系着,所以把这篇文章列于本书的目录里,也不显得有多么突兀。另外,写的人穆沙和被写的人于坚都认为可以这么做,我就遵从两人的意见,把这篇文章也加到本书中。四海之内皆兄弟也,因为四海之内到处都有痛苦和无告。我们中国人在呼喊时,又何尝不希望在天使的行列中有人回顾呢?

　　本书的最后一篇文章,是作者 2013 年秋访华时,在昆明西南联大文学节上做的演讲。题目《诗与痕迹》,已经说出这个演讲与本书主题之间的深刻联系,因而加到书中的理由,不必我更做赘言。另外,在演讲中,穆沙回顾了他的年轻时代,勾画出他作为诗人和研究者的经历,反思这种经历的社会和历史背景。所以,它颇可以作为一篇跋,列在本书末尾。演讲以分析沙拉莫夫《科雷马纪事》的卷首语《雪地中》为结,那段文字既是见证文学压卷的一页,又被穆沙看作是他自己工作的某种象征,用它来收束这个译本,我觉得再好不过。

　　克洛德·穆沙的诗与他的研究密切相关。他早期的诗偏向于思辨,风格密拔深奥,属于典型的学者诗。近年诗风有所改变,在主题选择上更切近日常,比较直接地写到当代法国社会的问题和冲突。这些诗,虽然不是政治介入类型的作品,但却处处体现着诗人对历史的反思,对苦难的体悟,这种反思和体悟,与其说是作为一种主题,不如说是作为情感的氛围、诗的人格而存在于字里行间。这与作者长期从事见证文学的研究，当然是不无关系的。在某种意义上，穆沙的诗也是一种"见证"，见证一个浩劫之后的繁华时代，见证这个时代里或显或隐的浩劫的基因。穆沙的诗在中国翻译极少，我利用这个机会，翻译出两篇，附录于书后。第一篇《冻僵的人》，是长诗《证件》中的一节。这首长诗和《谁，在我呼喊时》同一年出版，带有一定的纪实性，描写那些"无证件者"，特别是来自外国的"非法移民"，在当代这个由各种证件支撑着的社会里的艰难处境。第二篇《如果这就是生活》，采用作者近年来偏爱的形式，糅合诗、格言、随笔和回忆断片等几种体裁，书写当代西方国家的"甜蜜生活"，暴露出这种甜蜜中暗含的恐怖。

他们无法统治空间

——读罗伯尔·昂代姆的《在人类之列》

> 我去小便。夜色依然深沉。我旁边站着别的小便的人。谁也不说话。从小便池这里向后望,可以看到一带矮墙墩,后面就是粪沟。大便的人坐在墙墩上,裤子耷拉下来。

这便是《在人类之列》这本书的最初几句话。书的最后标明写作年代:巴黎,1946 至 1947 年。

引文中第一个词"我",是严格意义上的作者之"我"。这一指称方式贯穿全书始终。罗伯尔·昂代姆通过这本书,讲述的正是他自己——如许多别的受害者一样——在纳粹集中营里的经历。那时,他的生活被割断了,这种说法并不是一个比喻。

《在人类之列》创作于刚从德军占领中解放不久的法国，它所见证的是那些在二战期间被遣送到国外、关押在集中营里的人的遭遇。昂代姆写道："我力图勾勒出一座德国集中营，——布痕瓦尔德集中营的冈德舍姆营区；讲述在那里被称为'别动队员'的囚犯们，过着怎样的一种生活。"昂代姆的叙事风格十分简约，同时又锲而不舍地追求精确，细致地为读者展示出集中营里囚犯们所经受的肉体摧残，以及在这种摧残之下，他们的生命怎样萎缩成几个最基本的求生动作。

　　《在人类之列》出版之初，并未引起多少注意。而今天，它被公认为 20 世纪法语文学的一部重要作品。

　　《在人类之列》的开头，离上面引用的文字不远，有这样一段话：

　　　　并不太黑，在这里不会出现漆黑一片的情况。长方形的营房一排一排，被一些暗淡的黄色灯光刺破。这时，要是有一个人从天上飞过，他一定可以看到这些黄色的、距离均等的斑点，从树林合围而成的黑色巨块之中，幽幽浮现出来。不过在天上，那个人是什么也听不到的。他耳中大概只有引擎的轰鸣，根本无法察觉我们正在聆听的音乐。他听不到一连串的咳嗽，或者破靴烂鞋踏进泥中的声响。而这一个个正随着声音朝天空抬起来的头

15

颅,他也看不见。

这个"他",整段文字据之或向之以生发而出。"他"指的
是谁?作者在这里为何突然借助想象的腾跃,起而迎接一个
自上而下的视角?这个视角的拥有者,是正驾着飞机飞过布
痕瓦尔德上空的盟军飞行员吗?

在囚犯们眼中,集中营上空出现的盟军飞机,无疑预示着
纳粹德国的穷途末路。飞机所发出的"音乐",当然对他们承
诺着未来的解放。无怪乎它一旦翱翔于天上,立刻就被当作
自由的化身。

然而,就在那一刻,囚犯们仍粘着于集中营的地面
上,——被他们的粪便。飞机,代表着行动自由(得自于技术,
也得自于战斗和政治),一掠而过,消失在天空中。《在人类之
列》开篇这些如此卑微而平凡的文字,让我们感受到那些处于
无休无止的严酷监压之下的人们,是在怎样一个封闭隔绝的
空间里,经历着怎样一种无能为力。①

---

① 在昂代姆之前二十年,保罗·克利这位目光深邃的画家就察觉到并
且表述出"权力"和"无力"这两个极端,怎样构成了人类境况在空间上的悲剧
性。在1925年《授课草稿》的《箭》这一篇中,他写道:"在我们身体的无力与
思想的权力——我们能用思想随意包容此世之中与此世之上的所有领
域——之间,存在着一个矛盾。这个矛盾是人类悲剧的根源。权力与无力形
成的这种割裂,把人类境况撕成两半。既无翅膀,亦无羁绳,这就是人。"

《在人类之列》许多别的章节,也屡次讲到囚犯们的无力境地,像上一段引文那样,它们也经常形之以一种对空间方位的直观描写。不过,在这些章节,与囚犯们的无力相对、代表行动能力的那另一极,却不再是盟军的飞机,而是党卫军设在集中营的看守们。这些党卫军看守一方面取消囚犯们的全部自由,一方面狂妄地认为自己拥有无限的权力,而这种权力首当其冲的表现,就是对空间运动的支配。

这种基于空间描写的现实主义,使《在人类之列》的读者,自始至终体会到集中营里的一个基本情境:将自由与奴役,甚至生与死隔开的那段距离,那段火一样燃烧着的距离,往往不过几米。社会学家沃尔夫冈·索夫斯基在《恐怖的组织形式》一书中,也正是借助对集中营空间结构的描述,从一种人类学的、普遍性的关怀出发,揭示各种空间关系在集中营制度中所具有的性命攸关的意义。而索夫斯基著作的一个重要灵感来源,则是埃利亚斯·卡内蒂以《群众与权力》所开创的政治诗学,特别是这种诗学"具而形之"的主导思想。

《在人类之列》开篇不久出现的文字中,那个从天空飞过的"人",那个"他",与通篇作品中所用的"我",处于完全不同的层面。"他"作为叙事视角的出现,从全书来看是一个例外:在其他部分,叙事、描写、思考所赖以展开的视角,都只是"我"而毫无旁逸。

"见证文学"属于自传文学的范畴。其"真实性"的一个重要保证,就是作者不容许自己拥有小说家那样的自由,不容许他的"我"一步跳入其他人物的"内部",把他们各自的主观世界——呈现出来。但不应忘记,说到"见证文学"时,"自传"之所谓"自",与一般意义上的自我有很大不同。它所叙述的对象,是在一定的期间内——这个期间有时很长,比如瓦尔拉姆·沙拉莫夫在科雷马劳改营度过了十六年——,完全被外力所决定的一种生活状态;而外力之中最具决定性的因素,则是那些大规模、群体性、完全将主观个体淹没于其中的历史事件。

　　实际上,见证文学的作者们并不都像罗伯尔·昂代姆这样,采取一种严格的自传笔法。为了使他们的写作获得某种普遍性,他们有时借用一些本为小说家所特有的叙事手段。比如,在《科雷马纪事》的某些片段,沙拉莫夫的笔端直接进入别的劳改犯的精神世界;他甚至在《雪利白兰地》这一篇中,写到他从未谋面的曼德尔施塔姆在临死时的感觉和心理。而这样的感觉和心理,当然是当事者无法告知任何人的。

　　昂代姆自己的写作,则是严格地从一个"见证者"的视角展开。当他讲到其他囚犯的经历时,总是说明它们是如何被他耳闻目睹的,而从不驰骋想象进入"内部"加以搜求。

*

　　《在人类之列》以一种单刀直入的形式带领读者进入集中营世界。可是我们在介绍这本书时，许多事情还需从头说起。

　　罗伯尔·昂代姆生于 1917 年。1941 年，他加入反对德军占领的抵抗运动。正是作为抵抗运动的成员，他与玛格丽特·杜拉斯——那时他们是夫妻——一起结识了弗朗索瓦·莫尔兰，亦即后来成为法国总统的弗朗索瓦·密特朗。

　　1944 年，昂代姆被盖世太保逮捕，押解到德国布痕瓦尔德集中营，分遣到冈德舍姆营地的一个"别动队"中。

　　1945 年春，德军被击溃后，密特朗参与了解放集中营的工作。他在达豪偶然发现已奄奄一息的昂代姆，并且立刻通知了玛格丽特·杜拉斯。

　　这段故事，后来被杜拉斯写进《痛苦》一书中。《痛苦》也是一本自传性的著作，前半部分讲述了 1945 年 4 月纳粹德国在法国的统治崩溃之后，那些有亲友被关押在集中营里的法国人，是如何焦虑地等待着他们的归来。

　　对昂代姆的生还，杜拉斯本已不抱希望。可突然……

　　"记不得是哪一天了，"杜拉斯在《痛苦》中写道，"大概还在四月间吧，或者已是五月，一天早晨电话响了起来。从德国打来的，弗朗索瓦·莫尔兰。他连你好也不说，口气简直有些粗鲁,可还是像从前一样清楚明确:'好好听我说。罗伯尔还活着。别激动。对,还活着。他在达豪。现在您尽全力好好听我说。他身体非常虚弱,虚弱到您想象不到的程度。我必须告诉您:他已是朝不保夕了。大概还能挺三天,不会再长。您让 D 和博尚今天就动身,今天上午就动身,来达豪接他。'"

D 指的是蒂奥尼·马斯科罗,当时他已成为杜拉斯的新的伴侣。

马斯科罗立即出发,片刻也未延迟。他到达豪后,发现解放集中营的盟军为防止疫病流行,已经封锁集中营,对刚刚解放的犯人们实行检疫隔离。在密特朗的帮助下,马斯科罗将昂代姆偷偷运出集中营,带回巴黎。那之后的几周里,他与杜拉斯像照料一个婴儿那样照料昂代姆,终于使他渐渐康复。《痛苦》的后半部分,写的正是三人之间这段特殊的经历。《痛苦》出版于 1985 年。书前有长一页的引言,其中写道:

> 我在努弗勒堡的蓝色衣箱中找到两个本子,上面写着这一页页日记。
>
> 我一点儿也不记得自己写过这样的日记。
>
> 我知道它们的作者就是我,是我写下了它们,我认出自己的笔迹,也想起其中记述的细节,我的眼前又浮现出那个被写到的地方,奥赛火车站,还有去那里要走的每一

条路。可是我对自己曾经提笔写日记这回事，却无论如何也想不起来。什么时候写的呢？哪一年？一天中哪一个钟点？在哪一所房子里？我一点儿也记不起来了。

关于昂代姆的归来以及紧随其后发生的事情，还有一个人被遗忘所困扰，而他的遗忘也像杜拉斯的那样，剪不断理还乱。这个人就是马斯科罗。

马斯科罗所遗忘的不是他自己写的某个手稿，而是一封别人寄给他的信，信的日期是1945年。"别人"，这个说法大概很不适宜，如果我们设想一下1945年昂代姆、杜拉斯和马斯科罗三人之间结成的特殊关系。写信的人，正是昂代姆。他在1945年6月，刚与杜拉斯和马斯科罗一起极其密切地度过了几个星期，在起死回生之后，几乎立刻就写了这封信。

马斯科罗何以会忘记这样一封不同寻常的信，特别是它出自一位关系如此密切的朋友之手？事隔许久，到了1987年，他才在一本薄薄的书中，回顾这一经历，引载那封长达六页的信，并且追问自己遗忘的原因。在这本题为《记忆的努力——关于罗伯尔·昂代姆的一封信》的书中，马斯科罗写道：

　　好长一段时间我对这封信没有丝毫记忆，虽然当初收到它时，我肯定是立刻拆开细细阅读。只是迟至今日——这让我惊讶，更让我惭愧——我才真正意识到它的存在。我重新找到它，几乎是出于偶然，是因为有人想了解我这位最亲爱的朋友当年从集中营归来时的情况，要我提供一些当时具体的、有迹可循的纪录，而不是残存在我头脑里的回忆。

这两个遗忘尽管有许多不同，所涉及的却都是昂代姆生活中一段特殊时期，那时他不仅正在重新返回生命和社会，也渐渐获得了见证的能力。其实，当马斯科罗刚把昂代姆从达豪运出来时，昂代姆就已表现出一种焦灼的情绪，害怕他在集中营里的经历和见闻，会随着自己的死去而默然消泯。尽管身体极度虚弱，他在驶向巴黎的汽车上，还是一刻不停地讲述着。

在这三个关系密切的作者之间，就有一个由记忆和遗忘组成的星座存在。这个星座闪烁着，向我们——也许也向未来的读者——发出不可磨灭的光芒。当然，昂代姆的见证居于这个星座的中心。然而杜拉斯和马斯科罗的文字，也可以让我们感受到：当见证所触及的是某一终极性的问题时，它会产生一种多么复杂的效果。由此上溯一步，我们也许可以说，见证本身的可能性，不存在于一个人的身上，而存在于、理应存在于多个人之间。

　　杜拉斯和马斯科罗的遗忘自然并非出于疏忽，——对昂代姆的经历，或者对他的讲述。大概，昂代姆的生存要求三人结成一种极度的密切，而这种密切无法成为记忆的对象，进入记忆的范围？因为当时他们在身体、精神、话语上的融合，过于……真实？无论如何，正是这一融合，连同对这一融合的某种拒抗，使昂代姆活了下来，写成《在人类之列》这本书。

＊

　　《在人类之列》1947 年出版于普遍之城出版社。1957 年，伽利马出版社将其再版，并于 1978 年纳入著名的"如是"丛书。

＊

　　《在人类之列》见证性质的正文之前，有一篇引言，是这样开始的："两年前，刚从集中营归来的那段日子里，我们都处于一种名副其实的激荡和癫狂之中，至少我是这么觉得的。我们想说话，盼望终于可以被人倾听。有人说，单单是我们的外貌就足以说明一切。可我们这些刚回来的人，带着各自的回忆和活生生的经历，依然有一种疯狂的欲望，要把那些事情原原本本地讲出来。"

集中营受害者们归来之初感受到的这种"疯狂欲望",很快就在听者们的麻木和厌烦之前碰了壁。另外,立刻"原原本本"地讲述自己"经历"的欲望,也在它自身过于汹涌的话语之流中,渐渐地窒息了。《在人类之列》所使用的那种清晰简练的散文,不正是对那最初沸腾时期的一种成功清理吗?

《在人类之列》的前言还写道:"在我们掌握的语言与要诉说的经历之间,存在着巨大的差距,这差距在我们看来是一条不可弥合的鸿沟。在集中营里遭受的一切,那时在我们大多数人身上,依旧真切地延续着。"

"差距"?这是不是所谓"不可言说"的另一个说法?谈到集中营的受害者时,经常可以听到这种"不可言说"论,而在它的支持者中,要以那些不愿倾听受害者的人士居多。

从上面提到的 1945 年 6 月写给马斯科罗的信来看,昂代姆并非是这种论调的支持者。这封信的言辞紧促迫切,表达出当时作者希望倾诉的心情。后来,昂代姆曾在 1948 年写过一篇题为《诗与集中营见证》的文章,把他刚从集中营里回来时的倾诉欲,称为"一次表达的大出血"。

1945 年 6 月的信写道:"蒂奥尼,在人可以说的话和他所不能说的话之间,我觉得我再也不能做出分别。在地狱里,人是什么话都可以说的。恰恰是这一点,使我们能够看出地狱是一个地狱。对我而言,正是它让我醒悟到我所处的地狱的性质。

相反,在我们平常的世界里,人总是有选择地说话。我现在觉得我已不再懂得什么是选择了。你看,在别人那里体现了地狱的这个'什么都可以说',我却正是要通过它经历我的天堂。"

在这封信里,句子之间存在着一种发烧一般的连续和起伏。从中透露出的,是一种已经超越限度的密切关系。作者与照料他、试图倾听他的人们正在融为一体,而这种融合是同时以诱惑和威胁两种面目发生的。

"天堂"。昂代姆把它与地狱对立提出,可又通过一系列浮动的代词——"人们"、"我"、"我们"、"别人"——将二者接近。这个谜一样的地狱,《在人类之列》中有一段文字清楚地表明了它的特征。那一段写到两个囚犯之间发生的一次口角,充满污言秽语。昂代姆这样评论道:"语言泥化了,变得软塌塌的。从这些嘴里再也说不出任何有条有理、坚强得足以留存的东西。只剩下一团软麻布,磨得越来越薄。句子互相跟随着说出来,又彼此矛盾,像一个个悲惨的嗝,一股词的胆汁。(……)话没有遮拦地说出来,那个家伙非把自己倒空不可。不到晚上,他绝不肯善罢甘休。地狱肯定就是这个样子吧,就是这样一个所有词语、所有表达都等同的地方,被一张醉汉的嘴呕吐出来。"

而《在人类之列》的写作,也就必须完成两种出离:从集中营泥泞的语言"地狱"里,同时也从归来之初诱人的"天堂"中。

出离于这两种情境中的"什么都可以说"。

这种双重的出离清晰地表现于《在人类之列》的语言中。那是一种简约的散文，少有形容词，在句法上也不事铺张。它瓦解着"地狱"中烂泥一样的滔滔不绝，也瓦解着"天堂"里的滚沸和骚动。它通常是朴素而克制的，像被"空"洗刷过一样。

《在人类之列》所蕴含的政治思考，使它既是一本见证叙事作品，又可以当作论文来读。有些篇章中，政治思考相当集中地发出，比如写到集中营囚犯们所经受的"蔑视"时，作者就是从一个很普遍的层次出发，探讨这个问题。不过，纵观全书，政治思考一般都是融入对具体细节的描述之中，很难从中一一挑拣出来。被叙事线索引领着的读者，有时甚至意识不到这些思考的存在。而恰恰是在此时，他最深刻地被作者的思想影响着。

从这种意义上说，《在人类之列》所负荷的思考是动态的，难以界定。它远远溢出了昂代姆其他著作中那些明确的思辨性表述，也溢出了他后来为忠实于自身经历而参加的各种政治活动。它永远无可定论，然而却有效地传达于读者，并不断地触动着他们。

*

也许有必要指明昂代姆笔下的"政治"这个词，有什么含义;在当事者听起来,又意味着什么。

昂代姆是一个政治犯。在布痕瓦尔德冈德舍姆营区,他即便是作为旁观者,也没有经历过奥斯维辛那样的种族屠杀。他在书中屡次说起,炼尸炉是一个时刻折磨着犯人的可怕念头,可他从未提到过毒气室。他没有看到那种有组织、工业性的对老人、妇女和儿童的大屠戮。

对经历过集中营的人来说,政治视野还有意义吗?集体行动,真的值得投身于其中吗?从集中营归来后,昂代姆在这样的问题面前,极力做出一个肯定的回答。1946 年,他参加了共产党(1950 年被开除)。1948 年,在一篇题为《穷人,无产者,集中营囚犯》的文章中,他表明了入党时所抱的希望:追求人类的普遍解放,通过这种解放,消灭那些曾历史性地导向纳粹主义和集中营的原因。当时许多从集中营归来的人,都和昂代姆一样怀有这个希望。然而在昂代姆的文章中,我们同时也可以感到,他在试图从集中营经历中抽取一些建设性、斗争性的结论时,遇到了多么大的困难:这种结论该由何处做出?为什么事业?又应以哪种行为方式实践之?作为政治犯,昂代姆在集中营被混杂于其他类别的犯人之间,其中很多是刑事犯,而后者经常是党卫军统治的工具。《在人类之列》的前言写道:"在有些集中营或别动队里,犯人头目由政治犯充当。与它们相比,我们这里的情形截然不同。(……)在冈德舍姆,我们的头目是我们的敌人。"

集中营里的社会总是被分割成若干人群,按民族、语言或别的标准。这显然是分而治之的一种压迫策略。因此,在某些关键时刻,政治犯的身份,就体现为一种"合"的要求。"可你们是政治犯呀,老天!"读者猛然读到——听到——这个句子。说话者名叫乔,他的声音和身体忽地出现,打断了一场开始变质的关于食物的争论。"你们不明白吗?"他接着说:"抵抗运动在这里也得继续,不对吗?"

在这样的时刻,"政治犯"意味着必须努力维持某些关系,特别是在话语上。"星期天,我们得行动一下,不能就这么坐以待毙。"一个犯人说。那是在 1945 年春,说话的犯人名叫加斯东·利比,绰号"老师"。昂代姆讲到他时,这样写道:"他们把他变成一头干重活的牲口。可他们没法让这个牲口一铲铲刨土时不再思想;也没法让他闭嘴,不再用他深沉的嗓音,说出一句句话来。这些话将长久地留存在听者耳里。"

从孤独者的思想中、从交谈者的话语里,产生了对压迫的最直接反抗。而日后昂代姆挥笔写下《在人类之列》,也正是为了对这种反抗保持忠诚。那些"长久地留存在听者耳中"的句子,对许多人来说,具有一种伦理和政治的力量。"留存",这个词在此前引到的一段文字里已经出现,在那里它的前面有一个"不"字,揭示着集中营里泥化了的语言,毫无留存下去的力量。那么,在集中营那样的时空之中,能够"留存"的语言,"称得上词语的词语",是怎样喷薄而出的? 它们在何时形成,响起,开始像路标那样持久地存在? 到底是什么样的句子,在多年之后还能被人回忆起来?

加斯东·利比接着说:"我们得摆脱饥饿。得和大伙儿说一说。有些人在走下坡路,自暴自弃地等死。还有些人忘了他们为什么来到集中营。我们得说话。"

在集中营囚犯的抵抗和见证文学作者的努力之间,存在着一种深刻的关系,而奠定这种关系的,正是话语的意义,那些能够留存的话语。

权力,力量,可能性:《在人类之列》中,这些词汇经常出现于最意想不到的场合,令读者吃惊。"对我们这些囚犯来说,物体不是没有生命的。"昂代姆用一个峭拔的句子这样指出:"任何东西都在说话,都要我们听。任何东西都有一种权力。"

在书的第二部分"路"中,一段简短而又密集的景物描写,引发出一场思考,它始终紧贴视觉,比量着权力和权力之下的可能性。在这样一个段落中,集中营里的生存,还有作者对这一生存的书写,构成了两个特殊的时间段,其间密不容发,却又充满紧张。"山谷"、"狗"、"树"、"叶子"、"草地"、"空气"、"水"。在描写了这些景物之后,作者忽然跃入另一个层次:"谁也不会像我们这样,对自然物的生命如此敏感,如此向往与一棵树的无限力量结为一体。明天,这棵树一定还会活在这里。"自然物的这种无限力量,一方面在反衬被压迫者的生存空间十分局促——这种局促咄咄逼人,时刻被他们感受到;一方面也揭示出压迫者的权力其实也有限度——这限度是党卫军们所极力否认的。几行之后,昂代姆写道:"在这里,牛马生命旺盛,树是一个神灵。可我们没法变成牛马或者树。我们不能,即便在党卫军的威逼之下也不能。"这段话里,经历苦难时的感受和书写苦难时的思想难解难分。它在全书接近结束的地方,重复着书中发出的关于权力与无力、可能与不可能的许多感想,将它们凝聚成一句话。

在这里,昂代姆表达的不是一种自觉或不自觉的宇宙归属感,像在某些德国浪漫派作家笔下发生的那样,——这种感觉一直绵延到恩斯特·荣格尔,在他见证一战的书中还依稀可见。昂代姆是要写一个简单的生存事实:一种无依无靠、自给自足地延续着的生存。一棵树的生存。

囚犯们那种被推到极端的无能为力,体现在数不胜数的场合。"我不能创造出一个可以吃的东西来。这就是无能为力。我孤立无援,我无法拿自己养活自己。"在一个描写饥饿的段落中,昂代姆这样总结道:"我嚼着,我嚼着。我自己不能变成咀嚼的对象,我只是一个咀嚼的人。那可以咀嚼的东西,可以吃的东西,又在哪儿呢?怎么吃得到?什么都没有的时候,就真的什么也没有了吗?"

"我无法拿自己养活自己。"这个简单的句子使读者产生默诵的愿望。它说出了人作为生物的根本的、一刻无法断绝的依赖性。放到《在人类之列》的语境中,这一明显事实获得了额外一层阴郁的政治含义。

发表于1948年的《穷人,无产者,集中营囚犯》写道:"在纳粹集中营里,人处于一种完全的压迫与依赖之中。以肉体而论,与最贫穷的人处境相同。"

没有什么东西能比食物——或没有食物——更让人接近物质。对食物和饥饿的控制,是大规模政治体系左右群众的一个根本手段,而这种左右是在物质与象征这两个密不可分的层次上发生的。卡夫卡曾说,我们每咽下一口"真的"食物,就同时咽下一口"精神"食物。

与囚犯们的无能为力相对,在另一个极端上坐落着党卫军的无限权力。它看起来君临一切,被一个发号施令的声音不断重申着。《在人类之列》开篇不久写道:"扩音喇叭里,不时响起一个威严、浑厚,甚至有点儿伤感的声音。(……)镇静地,它发出所有命令。"

《在人类之列》中,权力关系和力量等级也经常由视觉形象表现出来。人的分化、各自所处的位置以及身份的转变("当犯人头儿"),都十分具体地呈现于空间里。在这群人与那群人之间，距离是被精确地计算着的，——根据彼此的处境，或根据眼神的交换。

看，被看，被看着的看：最基本的人的关系时刻被政治控制所威胁。有时，视线的交会可以带来致命危险。比如在"急行军"中，当时集中营当局在盟军的打击下，正向别的营地转移犯人："尤其不能遇到党卫军们的视线。眼睛的湿润，眼神里流露出的判断力，都可能让他产生杀戮的欲望。必须保持无特征，呆如朽木。谁有眼睛，谁就有危险。"

在某些短暂时刻，看也可以转而成为被压迫者的一种武器。简简单单看眼前的事物，这是任何党卫军或犯人头目都无法完全禁止的行为。而正是通过它，囚犯在一个转瞬即逝而又确定无疑的时刻，忽然重新获得支配自身的权力："我看到草，雾气，褐色树林。我们这样的人，也能看到这一切。我要把这景象牢牢记住。(……)在一刹那间我获得了权力。"

当然，最直接地表现出权力关系的一种看，是囚犯隔着那一象征高下尊卑的距离，投向党卫军的一瞥。权力的控制——还有它的想象机制——威胁着囚犯，要侵入并占领他的感觉本身。映入眼帘的每一个细节，都掺入了一种被定向的想象："除了党卫军之外，什么都不存在。他们很平静，并不叫嚷，只是沿着我们的队列走过去。他们是神。他们军服上每一颗扣子，手上每一个指甲都无不是一块太阳，光闪夺目。

我们是党卫军的鼠疫,不能靠近,不能把眼光落向他们。他们燃烧着,照瞎人的眼睛,用热力把人击成碎末。"

想象的权能在这里十分可怕地显现出来。这太阳一样的显影,使党卫军变成神,而他们感觉到这一点,并借以炫耀自己的权威。对此,囚犯只能俯首默认吗?《在人类之列》指出,这种直接作用于感觉的强大影响,有时是可以被囚犯动摇的,如果他能咬牙切齿地保持清醒。貌似无限的权力中总有一点,十分脆弱,任何无权者都能摧毁它,以他内部的努力,以他对于感觉的关注和思考。

比如,书的开头部分写到囚犯们登上从布痕瓦尔德开向冈德舍姆的火车。这个情景(当时的经历? 事后的回忆? 累加其上的思想?)就是被一种十分冷峻敏锐的目光觉察着,关照着,而正是它为其后许多章节奠定了基调。这里,权力关系完全灌注在感觉中,这感觉虽然只发生于短短一刻,却仍清醒而执着,保有观察和周旋的余地。

"党卫军皮靴发出的吱嘎声。"在等待出发的死气沉沉的车厢里,这是唯一可以听到的声音。终于,火车头牵引到位。"猛地一震。车厢晃了晃,生命启动了,车轮间血液流转。"昂代姆在这里之所以要写生命如何从人转移到机器,是为了引出另一个转移,因此恰恰在此时,权力关系在听觉上发生了一个微妙的倾斜。"党卫军靴子的吱嘎声不再像先前那样。我们不再是关在一个木头箱子里,听党卫军发号施令。现在,发号施令的是机器。"

机器成为看、听、想象的同盟者,蓦地为它们揭示出党卫军权力的限度,这限度就是人本身:"要是他们现在下去小便,耽误了时间,那火车就会开走,把他们落在站台上。他们追着开走的火车,会多么狼狈! 追着火车上的我们,会多么狼狈!"

紧接下去的一段文字,回到囚犯的无能为力上来。他尽可以沉浸于一个囚犯所能有的想入非非——火车难道不会突然改变方向,往南冲进瑞士吗? ——,但冷酷的现实还是时刻包围着他。"这不是真的。一个想法再神奇,也不能搬动一块石子儿。"

这个句子,是在讲那些毫无权力的人——或如亨利·马尔蒂内所说,"被权力了的人"——经受的困境和苦涩吗? 也许。但是,对思想之无限权力的放弃,对实际境况的承认,本身也随即被作者转移,变成一面抵抗党卫军辉煌形象的盾牌。"从火车头那里传来一声汽笛。很平常,却又令人惊异。它为谁响起? 这一声拉给所有人听的汽笛,令我们安心:对党卫军,对我们,它是同一个信号。"

作为人,作为有限者,党卫军和囚犯因为火车头的运动,忽然在真实中重新处于同一个层面。"党卫军也得对这声汽笛俯首帖耳。(……)他们当然不会相信,他们与我们听到的,是同一声汽笛。"

昂代姆通常是那么惜墨如金,写到此处却感到有必要重复和停顿。汽笛一词在这里多次出现,产生一种解放的效果:"汽笛声,他们都上了车。啊,我们简直不能相信! 由此看来,他们的统治就只是对我们才有效了。一块石头也能把他们绊倒……假如他们错过了火车,在他们的脚与车轮之间,立刻就会有一块空间形成,就像在我们的脚与家之间存在的这块空间一样。"

通过后一个类比,空间——物质性的普遍空间——再一次横然铺开于叙事中。《在人类之列》从第一页直到末尾,都在写各种基本可能性的丧失和重新获得,写权力的维持与翻转,而所有这一切,总是有时间和空间积极参与着。

对思想之无限权力,囚犯们当然无法企及,而党卫军也并不具备它。"他们无法统治空间。在一个党卫军脑门后产生的想法,也同样不能搬动石子儿,同样不能弥合他的脚与开去的火车之间的距离。"

又一个将囚犯与党卫军置于同一层面的尝试? 囚犯可以在一瞬间,放胆相信这"不可相信"的类同。党卫军(某一个人,或者集合体、集体地施加恐怖)的自我崇拜,是否因此受到冲击? 纳粹主义的意识形态,建立于对无限权力的幼稚幻想之上,搬弄一堆贫弱的神话,愚蠢地鼓吹意志至上,以凶暴和傲慢违犯一般的人的界限。而正是因此,它在心脏处有一个弱点,囚犯一旦重新获得清醒的目光,就能将它一举击中。

看与听,想象与思考,说话,写作:昂代姆努力调动着一切资源。对他而言,时间逡巡于见证作品的写作与集中营的经历之间,后者从来不仅仅是过去,因此它充满了持续的饥饿,始终呼求着一种终将正当的话语。《在人类之列》提供了一种东西,能在某些时间点上,将囚犯与党卫军放到同一层面,把后者重新引入那种界定着人的普遍的局限性中来。

党卫军自以为高人一等,脱离一般的人类,并由此认为自己有把人变成“人渣”的权力。昂代姆写道:“党卫军的一个痴心妄想,就是自认为肩负着改造人类的使命。”当然,他们没有脱离人类,而是万劫不复地属于人类,——从最下边。这些“超人”登峰造极地体现出来的,只是人身上十分人性的一种可能:人的非人。

《在人类之列》的卓越之处,在于它一方面反抗着纳粹主义狂妄地、毁灭性地追求着的无限权力,一方面也超越了囚犯们的无能为力、超越了由这种无能而生的对思想万能的幻想。这部散文作品的字里行间,有一种“作品的权力”在不断赢得。这种权力从不依赖天马行空,而是持续地横向延展,一步步向前推进。它产生于衡量,也衡量着读者。

*

除了《在人类之列》，罗伯尔·昂代姆只写下为数很少的一些文章，后来完全陷入沉默。

作为无言者——或者说作为群体言说者"我们"的一分子——，他出现于一本由几位作者合写的游记中。这本游记1957年由马斯科罗负责出版，书名是《波兰来信：评法国知识界的贫乏》。多年后此书重版时，马斯科罗这样介绍道：

> 这些思考最初在 1957 年 12 月由子夜出版社发表。它们来源于同年一月在波兰的一次旅行。有三个亲密的朋友——罗伯尔·昂代姆、克洛德·勒弗尔和埃德加·莫兰——与我同行。那时，波兰刚刚经历了一场名叫"十月春天"的运动。这场运动与匈牙利事件及其镇压发生于同一时期。

1955 年，昂代姆和马斯科罗、路易-勒内·戴弗雷、埃德加·莫兰一起组建了"反北非战争知识分子行动委员会"。后来，让-保罗·萨特、乔治·巴塔耶、米歇尔·雷里斯，克洛德·列维-斯特劳斯加入了这个委员会。1960 年，他在集体文件《121 人声明》上签字。这个声明又名《关于阿尔及利亚战争中不服从权的宣言》，以三条"主张"结束：

    ——任何士兵，如果拒绝拿起武器杀害阿尔及利亚人民，我们都对他表示敬意，并且认为他的行为正当。

    ——任何法国人，如果帮助和保护那些正在被法国以法国人民的名义迫害着的阿尔及利亚人，我们都对他表示敬意，并且认为他的行为正当。

    ——阿尔及利亚人民的事业，为瓦解殖民体系做出了决定性的贡献。他们的事业是所有自由人的事业。

*

除《在人类之列》而外，昂代姆的文章都十分简短，发表得也很分散。1994年，在作者逝世四年后，这些文章被《线》杂志集成一束发表，又于1996年由伽利玛出版社以单行本的形式出版。书名为《罗伯尔·昂代姆——未发表文章；关于〈在人类之列〉；评论与见证》。

这些文章中有一篇题为《复仇？》，写于1946年，今天读起来有一种特别的震撼力。它最初发表在《活着：战俘和集中营受害者手册》上，写作时间与《在人类之列》相同。当时，昂代姆得知德国战俘在法国遭受暴力虐待，愤然写下这篇文章

38

抗议：

> 为了使一些简单的信念——正义、自由、对人的尊重——获得胜利，十几万战友死在德国集中营里。在我们今天享有的胜利当中，正是这些信念构成最有价值的内容。（……）然而，那些虐待德国战俘，或者想用饥饿使其自消自灭的人，正在背叛这些信念，正在侮辱死去的战友和我们这些幸存者。怎能接受这一事实？在德国我们都没有改变的想法，难道现在回到法国来，倒要改变它们吗？在这样一类事上，不应该离去时一个道义，归来时一个道义。

2010 年，《复仇?》被赫尔曼出版社重版，后面加了一篇让-吕克·南希的跋。南希的短文对"复仇"做了一番历史哲学性的思考，将其根源追溯到人对权力的信仰上。它在分析时使用的概念——权力、想象的无限能力、无能为力、可能性、与生俱来的不可能性，与《在人类之列》这部叙事作品中蕴含的政治思想，明显地振响于同一波段上。

南希认为，一个人一旦拒绝复仇，就是"一步跨出对善恶是非之权力的信仰，也就是跨出一般意义上的信仰本身"。

在复仇的逻辑之外，开辟一个新的政治伦理空间？继昂代姆之后,南希也把自己的思辨架设在对"权力"或"可能性"的关照之上。

"拒绝复仇的人,是把一应权力验认都悬置起来了,他指出在它们之外存在着另一个状态,另一种权力。而这另一种权力所具有的象征力,要而言之就是纯粹、赤裸状态下的象征本身:在人和人——同等地不具备自然力或超自然力的救助——之间,建立关系的可能性。我们所谓的人,指的只是一个缺失。他并非一种理想,而是我们必须信赖的一个无法确定体。"

信赖——在信仰之外,作为一个纯粹象征性权力,作为不仰靠超越人之权力而建立人之关系的一种可能性——,这就是拒绝复仇的目标或条件。

这种十分脆弱、面临危险、没有信仰作依托的信赖,与《在人类之列》用一个个句子、用它的标题本身所证明和实现着的信念,应该说是一脉相承的。

*

《在人类之列》出版以来,历代读者对此书的评论值得认真阅读。围绕这本书生发而出的各种思想,随着历史沉积,已经形成一块土壤,起码是在法国。

在1969年的《无穷尽的对谈》一书中,莫里斯·布朗肖曾对昂代姆的作品做出评论。这些评论被提取出来，重新发表于 1996 年的《罗伯尔·昂代姆——未发表文章；关于〈在人类之列〉；评论与见证》中。

同一本书中收有多位作者的评论。其中最有启发性的文章之一，是原籍突尼斯的精神分析学家、哲学家费迪·本斯拉马(Fethi Benslama)的《人的特性》。

引发本斯拉马思考的，是《在人类之列》的一个关键句子。它以一种令人难忘的表述，写出无限权力在某一不可能性之前所受到的限制："党卫军可以把人杀死，但却不能把人变成其他什么东西。"

本斯拉马写道："这句话曾经被莫里斯·布朗肖引用，正是它促使我在不久前读了《在人类之列》这本书。这句话最让人震撼之处，不是它申明了有一条不可逾越的界限存在着，虽然我觉得这种申明是我们这个时代最强有力的伦理表述之一。这句话最让人震撼之处，是它在申明之下隐含着一个问题，那就是有一种'权力'，它能把人杀死，同时又声称这不是谋杀，而是远远高于谋杀的一个行为。思考当今社会由身份认同而产生的各种要求和暴力时，我自己也屡屡遇到这样的'权力'，它像幽灵一样徘徊在许多争端中，把群体身份认同的过度激情，引向最极端的凶残行径。"

像昂代姆一样，本斯拉马在考察他的课题时，也运用到一系列与权力有关的词语：造作的权力，无限权力，无能为力……在某些地方，本斯拉马承认思想的限度，但却并不因此而终止理解的努力，而这种态度的一个范本正是《在人类之列》："昂代姆的语句时刻有可能消解，却又总是那么靠近身体。这些语句带领我们缓慢地、简单地靠近一种东西，它存在于人身份认同机理的核心处，却又不可思考。"

从某种意义上说，本斯拉马对当代一大流血冲突的探讨，正是在外化着、延续着《在人类之列》中蕴藏的思想。这一冲突就是1991至2001年发生于前南斯拉夫的民族战争。

由身份认同而产生的暴力，无论在种族、民族的口号之下行使，或者以宗教、国家甚至科学为名义，都是围绕着一个"不可估价的财富"进行的；从概念上说，这个"财富"就是我之为我的"特性"。"特性"，在它的排他性和纯粹性两种意义上，都给身份组成提供了一个基础范畴。正是通过这样的身份组成，生与死才被"我"、被"我们"据为己有。而在这种占据之外，生不可能，死也无法进入。这就是何以"特性"——它既是身体也是对身体的虚构——在所有身份认同中，都代表着必须维持、保护、避免外界侵犯的东西，舍此身份认同便不能永久延续下去。相反，暴力，以它最具毁灭性的目的而论，就是要攻击他

42

者的"特性",破化它的免疫力,污染它,把它作为"他之为他"消灭掉。

正是沿着这一思路,本斯拉马分析了塞尔维亚民兵对穆斯林妇女犯下的强奸行为。这些罪行是有组织地做出的,目的是要使那些在押的妇女怀孕。

"非特性化"意味着将"我"作为一个不可同化的"外"嵌入他者体内,正像他者被认为曾经对"我"所做出的那样。"特性"既然被视为一个核,交结着生命(生理、血、代代相传的血脉等等)与身份,那么击碎这个核,也就是消灭了他者。因此,最极端的暴力,不仅是把他者杀死,而更是使其丧失特性、丧失身份,变成一个外在、陌生于他自己的他,将他丢弃于一无所是的境地,然后再占据他。

人类暴力走到最极端的形式,总有一个特点,那就是想把人之生和死都"非特性化"。杀死一个人是不够的,还要把他装扮成别人。"非特性化"比死亡来得更凶横。

空中的坟墓

——读曼德尔施塔姆、策兰和凯尔泰斯

他将毁灭你，直到你的坟墓。

这个句子听起来像是一个古老的诅咒。然而它的出处是一本现代小说：奥顿·冯·霍瓦兹（Odön von Horvath）的《无神的一代》。它表现出的仇恨是一种 20 世纪特有的情感。

霍瓦兹的这本小说 1917 年完成于萨尔斯堡，同年秋在阿姆斯特丹出版。"他将毁灭你"，这个"将"字，在今天的读者听来，有一种未卜先知的感觉，预示着二战中将要发生的一切。的确，某些文学作品拥有一种能力，它们对即将发生的历史，能通过嗅、听、触觉，一下抓住其要领，并通过各自的语言形式，对之加以表现。对"大势所趋"的"预现"，因而成为它们内

44

在的一个组成部分。

　　现在轮到他直瞪着我了。

　　此处的"我"是一位教师，面对着一个告发了他的学生，而告发的起因，只是他曾经说过"黑人也是人"。

　　他是你的死敌。——我暗想。你在他的眼中是一个腐蚀者。等他长大成人时，就轮到你倒霉了。他会砸烂一切，把你的记忆连根铲除。
　　他要把你踩到地底下。他将毁灭你，直到你的坟墓，好让任何人都无法知道，世上曾有你这么个人存在过。

　　学生的脸，毫不掩饰地显现出一种简单的欲望：中断人类的连续性，无论它存在于同代人之间（否认"黑人也是人"），还是存在于历史的绵延中（捣毁一座坟墓）。
　　而小说自身所揭示的，是一个正在变化的"之间"，——两张面孔之间——，并使它获得具体的形态。小说发表时，有关这个"之间"的决定性历史事件尚未发生。然而，对它的揭示和赋形，已经由小说文本完成了。

*

本文将简略地谈到三篇作品,曼德尔施塔姆的《无名战士之诗》、策兰的《死亡赋格》和凯尔泰斯的《为一个不会出生的孩子哭祷》。它们都与大规模的历史浩劫有关:第一篇作品为第一次世界大战而作,后两篇作品的创作背景则是不同形式的政治恐怖(纳粹主义和斯大林主义)。这些大规模的浩劫,不仅残害着人的生命,而且毁坏了人与人之间的关系。各种生存状态——牺牲者与幸存者、受害者的亲友和后代、视而不见或无能为力的旁观者——之间的联系,因为浩劫的发生,根本断开。而正是在这种断开的触动下,伟大的文学作品产生了。

生成于断开的作品……是否可以说,正是这个原因,使我们这些后来的读者在阅读这些作品时,总感到我们与它们的关系,有某种脆弱、困惑和模棱? 奠基于某种不无问题的逆料?

曼德尔施塔姆和策兰的诗,还有凯尔泰斯的小说,与群体毁灭中的"无名状态"息息相关。在政治恐怖的状态下,特别是在纳粹对犹太人的屠杀中,毁灭机制中重要的一环就是抹平痕迹,包括受害者的痕迹,和屠杀本身的痕迹。不过,早在第一次世界大战,战士们的见证,以及由此产生的战记文学,就已或是被宣传机构改头换面另派用场,或是干脆被当局所窒息，因此也处于某种"无名"的状态中。

这三部作品从内在机理上说，与上面讲到的历史浩劫联系紧密。然而，若是把它们的出现看作是人类对既往历史的必然胜利，对那些悲惨事件的光荣升华，那就未免过于幼稚草率。况且，再没有什么比对"理所当然"的过分宣扬，与这些作品的存在形式更背道而驰了。这些文本是艺术品，它们自成一体，孤立无依，偶然而又脆弱。

"空中的坟墓"是策兰《死亡赋格》中的名句，曾被凯尔泰斯在《为一个不会出生的孩子哭祷》里引用。但在此之前，同一个意象已经以极其相近的表述，出现于曼德尔施塔姆的《无名战士之诗》中。它与毁灭的关系是显而易见的。然而，它同时又是一种对人类关系的重构。尤其是，它把这种重构本身的暧昧模棱，蓦然展示于读者眼前：重构到底在哪种连续性中发生？或者说，它要重新缔结的东西究竟是什么？作品之"作"，在同20世纪几次浩劫的接触中，质问着它自身的可能及意义。

诗和小说在天空中塑成的这座坟墓，也许凝缩着见证文学所有的困难和模棱。它诗性地体现的那种记忆，飘忽无据，不属于任何人，却萦绕着每一个见证者。它的力量来自它的贴切：见证者所经历的那一个个"现时"，的确就是一个空气的坟，它的成形之刻，也就是它的消解之时。而对读者来说，这座处于天上、由空气垒成的坟墓，好像始终在不同文本之间滑移,不断地重新浮出。这是否因为它无法完全实现于任何一个既定的作品中,而只能存在于我们记忆里那些最无法指定的地方?

2000年1月2日的《解放报》上,登出一篇埃雷娜·拉班(Elena Labbin)的评论,评的是本杰明·维尔克米尔斯基(Binjamin Wilkomirski)的《童年断片——从1939到1948年》。拉班讲到二战时期的犹太人大屠杀,说它在美国受到"一种令人难以置信的情绪化处理"。同一份报纸上,鲍里斯·希鲁尼克(Boris Cyrulnik)也写道:从1985年(普里莫·莱维的《如果这是一个人》在那一年再版)开始,每个人都似乎向往发现并理解一种"更为精彩的恐怖"。

这些尖刻的言论,表现出一股"不为流俗蒙蔽"、与"众人之见"分道扬镳的劲头。其中隐含的傲慢和轻浮,是不言自明的。不过,毕竟存在着这样一个不可否认的事实:补救历史断裂的呼求,的确很容易沦为感伤主义的宣泄;而20世纪总体历史的消极,也的确可以使浩劫的幸存者们,因自己"积极"的痛苦,产生一种拥有"例外命运"的感觉。由此,无聊的竞争和受挫的虚荣层出不穷,略略让人感到恶心。

书写"受厄"或20世纪其他浩劫的作品,应该与它们书写的对象保有一定的距离,并且透露这种距离,挖掘这种距离,把它当作本身的一个向度,引入文本内部的空间中。特别是,它应该远离那张由"良好意愿"编织成的哀婉动人的网,始终保持独立和冷静。

这样的作品是存在的。它们甚至未必正面地写到某一历史事件,而是从旁侧、以各种隐含的意义触及它。作为作品,它们各自拥有自身的动机,不可悬揣虚测,而这种自身的动机构成它们的一个必然性,同时也是它们的工作内容。对于"作品性"的强调,屡次出现于凯尔泰斯的《为一个不会出生的孩子哭祷》中。在别的作家笔下,比如说在前苏联的沙拉莫夫那里,它同样也占据着思考的核心。对那些提笔见证苏联劳动营的人,沙拉莫夫经常批评他们的懒惰:他们以为"见证者"的身份足以供他们自我维护,从未想到要使他们的见证达到"作品"的高度。对沙拉莫夫来说,这个高度是必须的,因为只有它才能与他所经历的事件相配。

作品?它们并非什么无比壮观的东西。作品的源泉?它在时间之中,就像那些天上的坟墓,深深地沉入云里,又时时挺露出来。作品存在的前提?它们借以探究"之间"的基础?一种共通于所有人的时间,一种连续性,在其中接受和给予其实从未停止。

*

当我把曼德尔施塔姆、策兰和凯尔泰斯的作品合而观之时,我是否把一种外力强加于它们之上?单凭它们触及同一类事件,就把它们归为一类,等量齐观,这样的讨论方式,的确很容易抹杀它们各自的独特性,甚至互不兼容的特征。

然而,这些作品之间的联系又是明显的。它们都追求一种特殊的凝缩力,都用难以预想的形式,各自建造出一种半透明的萦回缠绕的结构,一座由空气筑成、悬于空中的坟。每一次,当一篇作品写到无名状态下的死亡,这座坟墓就显现出来。对作品自身来说,它是一种必然,也是一种威胁。

这些诗歌和小说以独特的方式吸引着我们。它们像是一些记忆,但未能如其他记忆那样拥有各自的空间,而是禁闭于它们自身。我们阅读的第一感觉,常常是有某种东西几乎寓于所有作品中,可同时又使它们彼此分隔。或者说,它出自一个作品,进入另一个作品,并且始终缭绕不散。

始料未及的深层次的近似?时代气氛的熏染?阅读每一部见证文学作品时,我们必须找到一种适当的距离,并且始终保持它。

这种距离,在当代英国诗人杰弗里·希尔(Geoffrey Hill)笔下得到很好的体现。希尔的某些诗,是因别的诗人的作品而作。从读到写,甚至构成了希尔诗歌的一个总体倾向。而在他经常参照的作品中,包括见证极权主义迫害的诗歌。

发表于 1978 年的诗集《黑暗》,收有一篇《仿保罗·策兰的旋律写成的两首众赞歌前奏曲》。这首诗与策兰的诗缔结了一种密切的联系。但同时,希尔又极力以一种音乐调式的严格,来规范这种联系。希尔的另一首诗名为《哀怨:1891—1939》。"哀怨"一词用拉丁语"tristia"写出,直接借自曼德尔施塔姆一本诗集的题目,而两个年份则是曼德尔施塔姆的生卒年。当年,曼德尔施塔姆这样命名自己的诗集时,其实已是一种借用,借自古罗马时代的奥维德,他在晚年流放黑海之滨时,写作的诗集也叫作《哀怨》。另外,奥维德的名字也出现在希尔自己的笔下,那首诗名为《第三帝国时期的奥维德》。在 20 世纪极权主义制度下,产生了许多新的流放形式,比如曼德尔施塔姆在沃罗涅日,再比如形形色色、不总是可以信赖的"内心流放"。希尔的诗,对它们做出了思考。

《哀怨:1891—1939》有一个副标题:"别了,奥西普·曼德尔施塔姆"。它的起首两句是:

难以相处的朋友,我本来喜欢你
甚于喜欢他们。

这首诗写流放者的孤苦无依,用到一系列"形象"。诗人并不掩盖这些形象只是形象,反而强调这一点,把它们写得凌

厉却又虚渺:

> 形象挺起于荒芜之中
> 你们看啊……平原上的墟落……
> 几人凶猛地看着他们的手
> 几人
> 挨挨地走在路旁的田野里,寻找
> 吃食

"你们看啊"这个祈使句指向我们,提起我们的注意。然而它同时也制造出一种距离感:那些遭受极权主义暴力的人的"现时",我们其实是无法真正进入的;我们所能进入的只是诗本身。

"看"的内容,被诗句以一种精确的痛苦呼唤出来。从劳动营的巨大而惨烈的背景中,诗提取它要我们"看"的东西,作为一个可能,一种或许,一些残片,展现于我们眼前。特别是,读者可以感觉到,这里的"看",我们的"看",脆弱地弥补着一个未曾发生的"看":劳动营里的囚徒在经历劳动营时,并没有引起任何人的注目。那时,惟一存在的"看",是一种致命的"对视",发生在受害者和迫害者之间。罗伯尔·昂代姆的《在人类之列》,在记叙纳粹集中营中"急行军"的一章,曾经精当地写到这种对视。

希尔的诗,召唤着往昔的某一"现时",同时又限定召唤的方式。它要时刻提醒我们,这个被召唤出来的"现时",仅仅是一种可能而已。

读希尔的诗,我们是否必须知道:作者生于 1937 年,因而曼德尔施塔姆和策兰身上发生的事,他从未经历过? 这一点,难道不已在他的诗中具足地得到表现,或起码是有效地暗示出来了吗?

对一个读者来说,在曼德尔施塔姆或策兰的生平之中,到底有哪些事,是他理解他们的诗所必须知道的? 他是否真的需要历史的钩沉和传记的资料? 摆在他面前的作品,是不是已经足够?

我们知道策兰父母在集中营里的遭遇,那些事没有发生在策兰身上,至少是没有以同样的方式发生。我们也越来越清楚地知道,曼德尔施塔姆生命最后几年中发生了什么,那正是他创作《无名战士之诗》的时期。当我们阅读策兰和曼德尔施塔姆的诗时,我们是否在诗句中读出了这些我们知道的东西? 其实,作者的经历,既不完全包含在诗中,也不排除在其外。它们的地位,只有在诗的自足出现缺损,或是当诗和历史的关系处于一种敞开的、无可定义的状态时,才真正变得重要起来。

曼德尔施塔姆或策兰的诗,希尔的诗。这两种诗的区别到底性质如何? 每一类作品的书写态度,究竟有什么特殊之处?

对策兰的诗来说,有一些评论只能出于他的亲友之手,或者曾经与他交谈的人,还有那些与他一起经历过同一事件的人。而要理解曼德尔施塔姆的作品,他的妻子娜杰日达·曼德尔施塔姆的回忆,特别是她在《希望抗拒希望》中关于《无名战士之诗》的许多评论,同样是不可或缺的。然而,最近俄国文史学家们对这本书的确切性,提出质疑。在这种情况下,我们是否应更改我们对这首诗的理解? 又一次,我们必须面对这些作品特殊的存在形式,面对它们与历史的独特关系:它们紧贴着历史,可同时又从中拔离。

见证文学作品,在内部资料与外部资料的包围中,是不是过于沉重地背负着"理所当然",不可避免会受到拉班所谓的"情绪化处理",成为希鲁尼克所说的"精彩的恐怖"?

对那些深受历史浩劫之苦的人,比如受害者或他们的亲人和后代,社会总是承认他们享有一种特殊的权利,应该比别人得到更多的重视,在集体记忆中留下印记。这种承认,补偿着极权主义的迫害,勾描着被抹去的痕迹。整体的语境既然已经如此,"作品"还有其存在的必要吗?

见证,一旦试图实现它真正的意图,其实总是困难重重。

见证者感觉到并申诉着："发生的那一切"属于他。他越是反抗暴力对他生命的剥夺,他的这种要求自然也就越强烈。然而,这种"属于"的关系,这种所有权,其实是不可接受的:最惨烈的浩劫也终将成为一个历史"话题",进入公共话语的领域。而在见证者看来,任何其他权利,任何社会的承认,同他丧失了的那种"属于"比起来,都既微不足道,又夸张过分,不可避免地成为一种错误,就像凯尔泰斯所说的那样,成为一种尴尬的"无命运的命运"。

况且,见证本身也总是处于消解之中。见证者亲身经历的"此时此地",不断地滑离着,俯仰之间已经变成"彼时彼地"。那么,这个"此时此地",是否同别的"此时此地"没有任何区别? 都只是像黑格尔批判的那样,揭示着感觉的流变不定? 或者,两者终究完全不同,因为在见证者之"此时此地"所发生的历史事件是空前绝后的? 然而,倘若一味固执于这个"空前绝后",又会使"此时此地"闭绝于自身,对那些未曾亲身经历它们的人,变得完全不可理解。那么,是否可以说:正是在这里,由于这个原因,"作品"成为一种必要,因为只有它才能克服这种闭绝,让"此时此地"的经验,可以被集体记忆感知,产生某种效果?

此外,历史事件中有一些十分细切的层面,也是幸存者们那种直接的告白和吁求所无法探究的,而必须诉诸作品。这些细切的层面因时、地、人的不同，各有差异。而见证一旦触及到它们，它的话语就会产生许多新的向度，获得文本的力量。例如，《我是一个凶手吗?》的作者卡莱勒·佩尔肖德尼克（Calel Perechodnik），他在书中屡次说的"作品"，就是要通过见证来反思自身，弄清楚自己在发生的历史事件中，到底扮演着什么样的角色。曼德尔施塔姆和策兰的诗，凯尔泰斯的小说，也都触及到这些细切的层面，并把它们精确地展现在我们面前。

一说到作品，如何进入集体记忆的问题，就又重新提了出来。而惟其是"见证文学作品"，这个问题也就格外复杂。哪些东西应该在历史中留存下去？什么是"重要的"，应该"计入其中"？作者的姓名？当然。不过，传记的分量又如何？

在文学领域，我们说某人重要，只是因为他是一部作品的作者。这不仅是由于他全凭写成的作品才在集体记忆中占一席之地，更是由于他还在写作之中时，就已完全与作品合为一体。写作本身要求作家随着正在成形的作品不断变化；他的自我，是一个没有一定之我的"我"；或者说，没有写作他也就没有什么"我"。这在福楼拜、马拉美、普鲁斯特、乔伊斯和卡夫卡那里，是一种最基本的写作态度。作者让自己被作品完全摄住，以自我消灭为工作的前提。这种态度，在一般的见证者看来，当然是难以相容的，甚至会被视为邪恶。

作品要求作者自我消灭,这其中不无残酷的成分。这种残酷本身可以成为作品的一个母题,就像卡夫卡的《在流放地》所做的那样。这篇小说中的暴力,和《饥饿艺术家》中的暴力一样,都可以理解为一种我对我的内部暴力。文本对作者的消灭,与历史暴力对无数人——比如对卡夫卡的母亲和姐妹——的消灭,不可同日而语,但又有某种相似。

作品打开时间的缺口,在这缺口之上制造某种波动,实现它自身的张力。它以此从现实的深渊里,从被摧毁的"彼时彼地",呼唤出许多撕裂的时刻,凶暴而苍白的事实,几乎是幻觉的感觉。作者之"我"在作品中消解,而作品借这种消解召唤过往的"现时",使它不是作为某一自我的"现时"而出现,而是单单作为一种"可能性"显出。这些"此时此地",从时间的深处哀然浮出,游荡于文本的敞开的空间里。它们是一些毁灭了一半的形象。它们不仅仅是不完整,与通常那些"此时此刻"一样没有完满实现。它们是弯曲着脊背,不断地被压榨,以消解为构成。

"空中的坟墓",是否就这样出现于作品与见证际遇之时,出现于它们互相作用的重构当中?

*

在凯尔泰斯的小说——它同时也是一篇论文——和策兰

的著名的诗篇之间,存在着一目了然的联系。《为一个不会出生的孩子哭祷》屡次引用《死亡赋格》,使策兰的句子与自己的句子穿插进行。这种联系其实并非没有问题。怎样理解这种富于动感的组织?应该从中提取哪些结论?凯尔泰斯把这些问题的解答交付给读者。读者在以一种不可定义的方式更新,他们给出的答案也将不断变化。

在曼德尔施塔姆的《无名战士之诗》和策兰的《死亡赋格》之间,如果说存在着联系的话,那么这个联系只发生于读者的脑海中,而不是发生在策兰创作他的诗句时。《无名战士之诗》写成于 1937 年,由于斯大林政权的高压,它当时根本无法发表,更不可能在 1944 年被策兰看到。

阅读这三篇作品的读者,之所以会产生把它们合而观之的愿望,首先是因为不同的历史事件在三位作者笔下,激起了近乎重合的意象,十分相似的表述:"空中的坟墓"。这种相似和重合,迫使读者返回那些不同的历史事件,把它们放到一个总体的眼光内,加以比较和质问;再根据诗在自己身上促成的那些东西,判断它们。

其实,曼德尔施塔姆的《无名战士之诗》,本身已在进行着一种浮动的历史比较。娜杰日达在她的回忆录中说,这首诗的主题虽然是第一次世界大战,但曼德尔施塔姆在创作时,所想的却不仅是那次战争,还有将来的、当时还难以构想的其他战争。而作为读者的我们，阅读诗中的句子时，除了战争，还不可避免地会想到另一件事，那就是曼德尔施塔姆当时所处的险恶环境。曼德尔施塔姆是在沃罗涅日流放地创作这首诗的，他对它未来的命运如何，完全茫然无知，甚至不知道它是否立刻就会被销毁。这种不确定性，浸透到诗句本身之中。诗写过去、现在和或将发生的未来，不仅仅是在比较它们，更把它们一起抛置于怀疑的深渊里。通过书写这些纷纭的时间，诗触及到一种吞噬的情境，——它当时面临的那一种，它很可能会被吸入其中，消灭乌有。它同时也触及到时间的连续性，它在其中已找不到任何位置。然而，即便是这种扬弃了它的连续性，本身也正在被吞噬和消灭。

在讨论和引用这三位作家时，除了个别情况，我总是使用法语译文。即使对策兰的诗也是如此，虽然我可以直接参照德语原文。

我又怎能不使用译文呢？这三位作家本人都是翻译。曼德尔施塔姆常常要靠翻译养家活口。策兰是伟大的翻译家和评论者，他的一个重要的翻译对象就是曼德尔施塔姆。而凯尔泰斯，他的职业是翻译，这一点在《为一个不会出生的孩子哭祷》中屡次提到。在一些特殊的历史时刻，当作品从一种语言滑向另一种语言时，这种滑行以特殊的方式对应着历史对人的控制，对应着人群的大规模的迁移，以及一切涉及语言的社会动荡，——这些动荡对于语言来说有时是致命的，比如二战之于意第绪语。

*

《为一个不会出生的孩子哭祷》是一本很薄的小说，1990年发表于匈牙利，1995年翻译成法语出版。在法国它并未引起评论界的重视，但它拥有一批读者，对它激赏不已。这些读者在试图讨论这本书时，似乎难以找到恰当的语言。这是不是因为这本书的展开方式十分特别，不容易给读者留下一个整体的印象？的确，有一种记忆在这本小说内部运动发展，但它自始至终都是神秘的。小说文本是回环萦绕式的，它变化着，返转着，不断地对已经写下的段落做出更动。

这是一本必须多次阅读才能理解的小说。它的行文一贯而下，不给读者任何停顿的余地。读者阅读它，如同阅读一首诗，进入诗的自成一体的时间中，被它攫住，然而又无法将它内化，因而不断地处于等待之中，感觉到"回头看"的必要，想把书从头再读一遍。然而，与诗歌不同，或者说更甚于诗歌，这部散文作品挖掘着、啃噬着、不断丧失着、重新创造着一种内与外的关系。而这种关系的内容之一，就是小说同其他作品在思想和表达上的联通。

在犹太教的传统中，"哭祷"指的是失去亲怙的孤儿们所念的祷词。父母们讲到自己的孩子,常把他们叫作"我死后为我哭祷的人"。凯尔泰斯小说的标题,以一种极端的形式,对这个传统词汇做出颠覆。他的"哭祷",不是为父母念诵,而是为一个孩子。那个孩子不是一个死者,而是根本不存在,或者如特拉克尔所说,是一个"未生者"。

这个标题隐含的时间,就不是过去,而是将来,一个不会成真的将来。这个将来的全部力量,它在文本之中及文本之上产生的效果,完全来自那个划抹着的"不"字。一种将来,它不会发生,然而必须说出,必须在文本中成形。只有它,才能使叙事者得以回顾惨烈的过去,又不会被它攫取或吞噬。

凯尔泰斯的成名作《无命运的人生》,1975 年发表于匈牙利,1998 年译成法文。这篇小说正面描写作者在纳粹集中营里的经历。1944 年,时年 15 岁的凯尔泰斯被解往奥斯维辛集中营,之后又被转遣至布痕瓦尔德。《无命运的人生》的主要情节都发生在这两座集中营里。

《为一个不会出生的孩子哭祷》从时间段和情节构成上来说,则完全不同。小说并未描写集中营,而只是以一闪而过的片段,暗示叙事者以往的经历。组成情节主干的事件,都是叙事者从集中营归来以后,甚至很久以后发生的。然而,前尘往事的种种"后果",影响着他生活的现状;而五六十年代匈牙利发生的政治灾难,也使他不能不回顾过去。这种回顾十分艰难,让他精疲力竭。从哪里,凭借哪种新的力量,他才能找到一条路,返回那个残破飘摇的过去?"昨天",继续重压着所有"今天"发生的事。集中营的时间,它的黑暗的光,仍在猛烈地照射着一切新的思想和语言。

从整体上说,《为一个不会出生的孩子哭祷》不能算作见证文学作品。然而,在这部小说中,过去的时间——流放与种族屠杀的时间——是决定性的,它触碰着、传染着所有后来的时刻,制约它们的可能性,制约站在其上回顾的人。它甚至也制约浩劫之前的时刻,因为它的"效果"改变了这些时刻的记忆和意义。

在这部小说里,"集中营的时间"并不只是隐含地、气氛性地存在。有时,它突如其来地闯进文本,引入原始状态的"回忆":"瓦斯阀门的开启声";"浓厚的喉音,机枪一样扫射而出"。恰恰是在这些段落里,作者引用到其他作家的作品,特别是策兰的诗,让它们与自己原始状态的回忆交织起来。那个"浓重的喉音",固然是叙事者——也是凯尔泰斯本人——在集中营里真实听到的声音,但它同时也是小说释放出的其他作者的声音,策兰的声音。更准确地说,是策兰在诗中唤起、塑造、运用的别人的声音。

策兰在 1962 年出版的一本诗集里,标明《死亡赋格》写于1945 年。然而,这首诗的初稿,在 1944 年底肯定已经完成了。

1942 年 6 月，在布科维纳的契尔诺夫策，安切尔夫妇遭到逮捕，作为犹太人被遣送集中营，不久遇害。他们的儿子保尔——后来的保罗·策兰——在父母被逮捕时，不在他们身边。一个月后，他也被收捕，押往一座劳动营，做了十九个月的苦工。1944 年底，他自由了，独身一人。报纸上开始报道集中营里的真实情况。他就是在那时创作《死亡赋格》的。

如果说见证文学的作者必须是见证者，亲身经历过他要见证的历史事件——这些事件不仅要侮辱他、戕害他，而且要毁灭一切他所从属的东西，解除他赖以生存的所有联系，阻止任何交流在他和别人之间发生——，那么《死亡赋格》大概不能划入见证文学之列。在策兰后来的作品中，出现过"见证者"这一词。但在那里，作者通过一种意义的叠加，不是在做一般意义上的见证，而是追问谁是"见证者的见证者"。

《死亡赋格》的写作态度与严格意义上的见证文学很相似，但又有不同。这种不同蕴含着可怕的含义：策兰的父母被杀害了，而策兰没有。

这种致命的差距——那么短，决定得那么仓促——，这种"在一旁"，决定了策兰的诗。文本背景中的"过去"，不属于诗人，而是属于他的亲人。因而，它更加固执地纠缠着诗人，比他的过去更过去，比他的现时更现时，侵袭并消解着他自己的所有时刻。

这首诗最初的发表，不是以德文原文，而是以罗马尼亚语译文。译者名叫彼得·索罗门(Peter Solomon)，是策兰的朋友。约翰·菲尔斯丁纳(John Felstiner)在他的传记《保罗·策兰》中说，策兰自己曾强调，他那时读到报纸上的一篇报道，讲的是纳粹集中营里演奏音乐的犹太人，有感而发写下那首诗。在罗马尼亚译文中，诗的题目也不是《死亡赋格》，而是《死亡探戈》。

译者索罗门在译文后加上一个小注："我们在这里翻译的这首诗，取材于真实的事件。在卢布林，就像在许多纳粹的死亡集中营里一样，即将被处决的人，在同伴们挖掘墓沟时，被迫演奏忧伤的乐曲。"

《死亡赋格》的头几句是一种敞开，朝向一切生命都拥有的两种元素：空气和时间，它们以一种危险的流动，供所有人"饮用"。

> 黎明黑色的奶我们晚上喝
> 我们中午喝早上喝我们夜里喝
> 我们喝我们喝

在这首诗里，时间和空间变成一种可感觉物，一种可见的强制力,压迫着每一分钟,每一寸空间。正如沃尔夫冈·索弗斯基(Wolfgang Sofsky)在《恐怖的组织》中所说,权力关系是借着每个小时、每一分钟,借着那些分离人群的距离而变成一种现实的。

对这样一首已有无数人评论过的诗,还需要做出一次新的解读吗? 在这里,我们只是跟随它,观察它如何触及了最基本、不可或缺的人类关系,触及了最一般、共通于每个人的东西,当这种东西蓦然变为一种恶的力量时。

"奶",母性的元素,从一个身体流入另一个身体。这种流动,曾被马拉美质朴地写出,它作为一种能量,伴随着诗本身的生与灭。那首诗,最初被马拉美命名为《日出》,而后改为《夜晚之诗》,最后拟定为《诗的赐予》。

在《死亡赋格》中,充满母性的奶变成黑色。致人死命?

罗伯特·瓦尔泽(Robert Walser)曾根据童话写过一出诗剧,叫《白雪公主》。在剧中,从王后——她到底是继母还是母亲,这在瓦尔泽笔下模糊不清——那里接受任何给予,都是一件危险的事情,因为她的馈赠也许就是她的毒药。

在《诗的赐予》《白雪公主》和《死亡赋格》中,空气、奶、母亲给孩子的馈赠,都作为支柱性的母题被写到,它们是生命的源泉,然而性质又十分暧昧。不过,在《死亡赋格》中,奶——还有空气或一切共通于所有生命的流动的营养——之所以变成毒药,毫无疑问是因为有一种暴力,正压迫着、残害着"我们"。就是这种暴力,使奶变黑,让黎明变为夜晚。而空气,也可以在它的作用下,一转而化为瓦斯。

说到空气和毒气,我不能不想起卡内蒂。1936年11月,他在《赫尔曼·布洛赫五十寿辰献词》中写道:

> 我最后还要说一说空气,这惟一一种不曾被禁止的东西。毫无夸张地说,在向人敞开的所有东西中,没有什么可以同空气相比。(……)它是最后一种恩赐。任何人在任何时候都有权拥有它。它不是事先被分配,连最贫穷的人都照样享用它。如果有人死于饥饿,那起码他到最后一刻始终都在呼吸,都在享有空气,即便这种享有十分菲薄。然而,现在,就是它,就是这人人共有的最后一样东西,要把我们一起毒死。

《死亡赋格》没有正面提到"毒气"。然而诗的第五段,通过"化作轻烟飞上天",将它透漏出来。

> (……)你们就都化作轻烟飞上天
> 你们就都在云中有一座坟墓躺下不拥挤

此处，诗的人称由开头的"我们"变成"你们"。这暗示着这两个句子的发语者，是诗第五句开始提到的那个"男人"，他"住在屋里"，"玩蛇写字"：一个纳粹军官。这个人在诗中一再"叫喊"。他也正是突然闯入《为一个不会出生的孩子哭祷》的那些"浓厚的嗓音"之一。《死亡赋格》的第八、九两句，写到此人吹着哨子，发号施令：

> 他吹哨集合他的犹太人在地里挖个坟
> 他命令奏乐他让他们跳起舞来

他用命令和叫喊，迫使犹太人"在地里"挖一个坟墓。然而几行之后，还是在他的话语中，这个坟却是掘在"云中"。这当然是"他"的一种嘲讽，指的是受害者的尸体焚毁澌灭。"云中的坟墓"重复和强调着"飞上天"的"轻烟"：死者不光是身体化为乌有，他在世上生活的所有痕迹也跟着完全消灭。

那么，《死亡赋格》结尾"他"说的"云中的坟墓"，与开头"我们"所说的"空中的坟墓"，是否可以等而视之呢？在诗的最初几行，"他"还没有出现，他的叫喊和命令还没有发生，只是作为一个隐含的背景，存在于"我们"身后。

> 我们喝我们喝

我们在空中掘个坟墓躺下不拥挤

同一个句子,在诗的第十六、十七行再次出现,只是断句不同。"我们"挖掘的"空中的坟墓",是否隐约地表现着一种向往,一个出口,不同于"地里"或"云中"的坟墓?虽然也是死亡,但毕竟是对"他"的控制的逃脱?这座"空中的坟墓",是否收集着"我们"所无法进入的"现时",收集着它的危险的"空气",使它进入诗,进入诗自身的张力与"现时"当中?

马拉美曾写过一首《悼波德莱尔》,将波德莱尔的作品——他的"影子"——称为"监护我们的毒药":"我们若要死亡就必须呼吸它"。波德莱尔的诗从现代城市中提取的东西,在马拉美这里变成一种氛围性的张力,必须被书写"哀悼"的我们当作一种遗产来接受。

同一个"空中的坟墓",在《死亡赋格》中倒数第二段再次提到时,已显然处于"他"的控制之中:

他放狼狗扑向我们他送给我们一座空中坟墓

当然,《死亡赋格》内部时间的周转,不同时刻的共现,也不可忽视。诗的起承转合,是互相包含的。"黎明的黑色的奶",已在预示"飞上天"的"轻烟",这两个意象在视觉上纠缠在一起。同时,"奶"和"烟"的组合,也对某种基本的人类动作做出阴沉而恶意的戏仿,这种动作就是接受和归还:从黎明那里接受哺养生命的空气——"奶",而后再把自己归还给土地、天空和云。"空中的坟墓",它暗示着死亡之后自然实现的归还和复原,以及由此产生的痕迹——坟,在这里已经不可能了,它的可能性已被有组织地毁灭了。而诗本身,由此成为一个问题,因为它基本的动作,它内在的基质,也正是接受和归还,——在语言之中,凭借着语言。

《死亡赋格》中这几个最复杂、最滑移不定的句子,被《为一个不会出生的孩子哭祷》纳入,借助它们组织自己的赋格形式。这种新的赋格,也是指向任何给予和接受中都隐含着的暧昧,并在极权主义控制的语境中,对它进行进一步的尝试和挪用。凭借这种尝试和挪用,作品追问着自身的可能性:在浩劫之后,如果写作仍然是可能的,那么如何承受这种可能? 小说叙事者"我"挖掘着他的作品,正像黎明中的"我们"挖掘着土地或天上的云。

*

对很多人来说,策兰的"空中的坟墓"是一个萦绕心头、挥之不去的意象。它包含着一种消逝的危险,一种遗忘的可能。像天幕上的一块阴暗,空气中的一条褶痕,漂移的坟墓,因它的虚渺不定而更让人无法解脱。也许,只有这个悖论——消逝的留存——能容使我们将《死亡赋格》和曼德尔施塔姆的《无名战士之诗》相提并论,寻找它们的相通之处,而不至于牵强附会地把它们混为一谈。

《无名战士之诗》在第一首,就已用到"空中坟墓"这个意象,伊凡·米尼翁(Yvan Mignon)将它译作"空气垒成的坟",在亨利·阿布里尔(Henri Abril)的译本中则是"空中的陵墓"。这座坟墓里安葬的无名战士,是第一次世界大战中的阵亡者,——同一个无名者,又在第二次世界大战后,重新出现于福克纳的小说《寓言》中。对这次战争,曼德尔施塔姆不是作为"见证者"加以书写的。但他写作这首诗乃至《沃罗涅日笔记》全篇时所处的环境,使它成为另一个历史事件的见证。《无名战士之诗》创作于1937年二三月间,当时曼德尔施塔姆住在沃罗涅日流放地,遭受斯大林的恐怖政策,即将被重新逮捕,遣送海参崴的劳动营,并死在那里。作为诗人,他的声音已经被窒息。1935年五月,他就已经写道:"是的,我已被埋到土里,但我的嘴唇还在动。"

1934年五月,曼德尔施塔姆第一次被逮捕,在卢比扬卡大楼拘禁了一段时间,之后才被流放到沃罗涅日。1993年,维克多·克里乌林(Victor Krivulin)在一篇发表于彼得格勒的文章中写道:"我们也许永远无法知道曼德尔施塔姆在卢比扬卡遭到了怎样的刑讯。从卢比扬卡释放到 1938 年春他再次被捕,有四年光景。这四年中,他对卢比扬卡大楼里发生的事情,从来都是绝口不提的。"

创作《沃罗涅日笔记》时,曼德尔施塔姆是否在使用一种暗码化的语言?或者不如说,一种扭曲的表法方式成为他写作时的基本姿态。否则,如何理解他那时的"决定",声言要把自己的诗"苏维埃化",特别是在《斯大林颂歌》中?那首诗没有完成,也没有挽救作者的命运。

写《无名战士之诗》时,曼德尔施塔姆正在试图结束《斯大林颂歌》。在他的构想中,后者是"对孤独英雄的赞美",前者是"对无名英雄的颂扬"。

《无名战士之诗》在法语中至少有四个译本。它是曼德尔施塔姆写下的最长的一首诗。全诗分几个部分,——七或八个,作者本人在这里有所犹豫。每一部分都写得简短凝练,纽结着各种关系,纽结得这样紧密,几乎到了晦涩的程度。

读者也许会奇怪,曼德尔施塔姆当时遭受那样的切肤之痛,但他的笔端,触及的却是二十年前发生的第一次世界大战。诗人关注的不是他自己生命的终结——即将到来的死亡和已在安排的消抹——,而是"无名战士"之死,这个思想轨迹是颇为耐人寻味的。他感觉到、知道他即将被消灭,但也同时感觉到、知道这种消灭不仅关系到他一人,而是无数受害者的共同遭遇:他将与一群人一同沉没在黑夜中。娜杰日达·曼德尔施塔姆在《希望抵抗希望》中说:"《无名战士之诗》讲的不是诗人之死,而是整整一个时代,在那个时代人成批地死去,一大群一大群牲畜一般地被宰杀。每个人都变成了'无名战士'。诗人遭受的是一种普遍的命运。"

在这首诗中,过去、现在、未来纷然坠落,杂沓重叠。诗人的工作对象,是一个共通于人类的混沌的时间。那些惨烈的历史时刻——咆哮或沉默的灾难、战争的暴力和政治的恐怖——,成为诗人的"对谈者",他把自己的诗"奉献"给它们。

"作品":曼德尔施塔姆和策兰的诗,凯尔泰斯的小说。它们的形式都非常朴素简约。凯尔泰斯在《为一个不会出生的孩子哭祷》中,一直强调"工作"的必要。而在他后来出版的小说《另一个人》中,他把自己的工作称为搭造"小板棚"。

我的良心是一只歪扭的鞋

——亚沃罗姆·苏兹科维尔在纽伦堡

莫非又要从头开始？

莫非我，一个兄弟，

还要像亚伯拉罕那样

砸碎偶像？

莫非我必须种植语言，

而后等待，

直到它结出

我祖先的

葡萄和杏仁？

开什么玩笑？

长着八字胡的诗歌的大哥呀，

你在宣布什么？

是不是要说:我的母语

行将就木?

[⋯⋯]

劳你大驾,告诉我一声:

语言在哪里倒下? 又躺在何方?

是在哭墙那边吗?

如果是,我就要走到那里,

像一只狮子,

身披愤怒的猩红色,

张开口,

把这即将死灭的语言吞下去,

而后抬头,吼叫

唤醒世世代代。

这是一首纪念二战时期犹太人大屠杀的诗,作者为亚沃罗姆·苏兹科维尔,20 世纪最重要的意第绪语诗人之一。1941 年至 1943 年,苏兹科维尔在立陶宛的维尔纽斯亲身经历了那场屠杀。战争结束后,他作为受害人和见证者,出席纽伦堡军事法庭。1946 年 2 月 17 日,苏兹科维尔即将从莫斯科出发时,在随身携带的笔记中这样写道:

我就要出发去纽伦堡了。[……]这次旅行把什么样的责任加在我肩头,我心知肚明。我祈祷着,愿那些牺牲者的亡魂能通过我的词语诉说沉冤。我要在法庭上讲意第绪语,别的语言我一概不接受。我要用被告们企图消灭的语言来控诉他们。让我民族的语言,让我母亲的语言响起来吧,让世人都能听到它,让阿尔弗雷德·罗森堡被这种语言击垮吧!它会在纽伦堡的法庭上胜利,获得永远的荣光。

亚沃罗姆·苏兹科维尔1913年生于白俄罗斯的斯莫尔贡镇。第一次世界大战爆发后,为了躲避战祸和德国占领军对犹太人的迫害,苏兹科维尔的父亲举家东迁,侨居于西伯利亚的鄂木斯克,几年后死在那里。1922年,苏兹科维尔的母亲带着他返回欧洲,落脚在立陶宛的维尔纽斯,当时那座城市属于波兰。据苏兹科维尔的翻译者拉结·厄代尔(Rachel Ertel)说:"当时的维尔纽斯号称立陶宛的耶路撒冷。那是个历史悠久的城市,18世纪著名的拉比以利·本·所罗门·扎尔曼就是维尔纽斯人,被时人尊为'维尔纽斯之光'。而时至现代,犹太工人党的兴起,也是发生在1897年的维尔纽斯。至于西奥多·赫茨尔,更是被维尔纽斯的犹太社团奉为民族复兴的预言家。一战和二战之间的二十年间,维尔纽斯是犹太世界的文化重镇。也正是这座城市,决定了苏兹科维尔的命运。"1941 年 6 月,德军占领了维尔纽斯,不久在城中设立了犹太人隔离区,将包括苏兹科维尔在内的犹太人,全都驱赶进去,用饥饿和暴虐折磨他们,并且定期进行屠杀。

在维尔纽斯隔离区,产生了一批才华横溢的诗人。他们不顾到处进行着的毁灭,在朝不保夕的情况下坚持写作。对自己的作品是否会留存下去,他们无法抱有任何希望。他们的诗,很多因正在经历的苦难而发,带有一定的纪实性。然而,他们的写作风格却经常不是现实主义的,而明显具有现代主义的特征,笔风迅疾,意象衔接突兀而狂暴。苏兹科维尔就是这些青年诗人中的一员,他的写作从进入隔离区的第一天即已开始。1941 年 7 月,在一首题为《隔离区的第一夜》的诗中,他写道:

隔离区的第一夜——坟中的第一夜。
"往后就好了。"我旁边的人安慰说,冲着
躺在地上的那些绿色的冻僵的身体。

帆船是否会沉没于土地当中?
帆船正沉到我身体下边,只有它的帆,
破碎、纠缠、被人践踏着,还露于表面:

躺在地上的那些绿色的冻僵的身体。

被吞噬，直到脖子根儿——
在我头上是一截长长的雨槽，
蜘蛛网把它绑到一堆瓦砾上。摇晃的砖
带着血肉的碎片，从墙上拔出来，
在蜂房中嗡嗡作响。没有人。

以前，在这条雨槽中流淌过另一种雨水，
甜蜜、温柔、有些孩子气，被母亲们祝福着
收集到桶中，像是收集云朵的奶水，
用它把女儿们的发辫洗成幸福。
而今天，再没有母亲，没有女儿，没有雨。
砖头还在废墟中嗡嗡作响，
带着血肉的碎片，从墙上拔出来。

夜。黑色的毒汁流动。我是一束麦秸火把，
被最后一个火星儿背叛了，泯灭在深渊中。
我的姐妹们——潮湿的瓦砾与潮湿的风，
无声无息地，将她们粗糙的温柔贴住我的嘴唇，
又从我的心灵上扯下我褴褛的骨头，

就像从蝴蝶身上扯下蛹。那截雨槽
悬在我头上的虚空中
一滴滴排放着它黑色的毒。

忽然，每一滴都开始眨动。而我是
光明万丈的眼睛。像一只捕捉光线的鱼篓，
被蜘蛛网捆缚的那截雨槽
变成望远镜。我在它光滑的长颈中游泳而过。
视线团聚，融合成往日的光，那是
我的城市的星，那么近，那么活跃而温柔。
在这些星星中间，有一颗属于祈祷，总是它
在安息日完成母亲的絮语："愿一周吉祥。"

我很平静，再没有什么可以摧毁我。我应该
活下去，因为这被祝福的星因母亲而存活。

　　隔离区时代的苏兹科维尔，在写诗时经常触及到一个主
题，那就是暴露。隔离区的人们每日处于监视之下，生活完全
外化，内心生活的任何权利都被剥夺。在《隔离区的小提琴
手》一诗中，苏兹科维尔这样写道：

人像镜子一样生活，

　　对自己在干什么毫无知觉。

　　血在石头上闪着光，

　　却不知道这就叫血。

　　纳粹的暴力是一种向往大一统的暴力。它不仅残害每一个人，也要摧毁人与人之间的关系。当种族主义的仇恨觉察到被害者也有一个家时，它通常会变本加厉，强迫被害者从他的亲人身上，预先品尝一下死亡的滋味。

　　苏兹科维尔的母亲和儿子都死于隔离区。1943年1月18日，苏兹科维尔写下《我的孩子》一诗，哀悼他出生不久就夭折的儿子：

　　出于饥饿，

　　或者出于极度的爱，

　　——你的母亲会作证的——：

　　我想把你吞下去，我的孩子，

　　当我感到你小小的身体，

　　在我手指间渐渐变冷，

　　就像是握着的一杯茶，

　　从热变成冰。

到了 1943 年 7 月,苏兹科维尔又不得不写诗,哀悼他的母亲。这首无题诗,是苏兹科维尔的杰作:

> 隔离区的街上,摇摇晃晃拉过去
> 一辆装满鞋的大车,鞋上仍然保有
> 刚才还穿着它的一只只脚的温度。
> 大屠杀的礼物! 在其中,我忽然看到
> 母亲的一只,已被她穿得这样破旧,
> 咧嘴的鞋窝儿里,吐出血染的舌头。
> 我在后边跟着车奔跑,我高声哭喊,
> 我想把我当成祭品,献给母亲的爱。
> 我摔倒了,跪在地上,狂乱地亲吻着
> 那只鞋留在地上的还在颤抖的灰。
> 默念着母亲的名字,这层神圣的灰
> 被我拂起,当作一道护符,抹上额头。
> 在我泪水蒙蒙的眼睛中,所有鞋子
> 都变成母亲的鞋。高举的双手落下,
> 无力地合拢,像是要揪住梦的空虚。
> 那以后,我的良心是一只扭歪的鞋。

1943 年 9 月,维尔纽斯隔离区被纳粹占领军清除,隔离区里的犹太人大多被遣送到离城不远的帕内里艾集中营,遭到集体屠杀。就在清除行动实施之前,苏兹科维尔得以和妻子连同几位朋友,从下水道逃出城。这段经历,后来在1948年写进他的史诗《秘密之城》中。逃出城外之后,他们在森林里被抗德游击队搭救,并且参加了这支队伍。1944年春,由于苏联著名作家和记者爱伦堡的干预,苏军派出一架飞机,将苏兹科维尔从立陶宛接到莫斯科。其后苏兹科维尔跟随红军作战,在1944年7月解放维尔纽斯的战役中,他是最先攻入城中的士兵之一。

在纽伦堡法庭出庭作证之后,苏兹科维尔曾短暂地旅居波兰和巴黎。1947年,他移居特拉维夫。从40年代后期到80年代,苏兹科维尔发表了大量的诗歌和叙事作品,很多与维尔纽斯隔离区有关,成为"受厄"见证文学的最重要作者之一。鉴于他在以色列乃至全世界的巨大影响,《纽约时报》曾把他誉为"犹太人大屠杀最伟大的诗人"。他用意第绪语写成的《维尔纽斯隔离区》,1945年就已发表,1950年开始被译成西欧语言,是学者们研究这段历史不可绕过的一种参考。

维尔纽斯在二战爆发前有六万犹太居民,这些人中只有几百人在战争后生还。苏兹科维尔随军进驻维尔纽斯不久,曾给爱伦堡写过一封信:

我是在维尔纽斯给您写这封信。两个星期以来,我在它的街巷中不停地游荡。我们埋在隔离区的那些文化宝物,我都已挖掘出来妥善保存。我也去了帕内里艾,那里没有一个人,只剩下灰。人们把万人坑中的尸体挖出来,重新火化。人的灰的颜色是灰的,有点儿发粘。我把这些灰集了一小袋儿,放在身上。那也许就是我的孩子或母亲。

　　在维尔纽斯,苏兹科维尔接到纽伦堡法庭的传票,让他以"被屠杀者的代言人"的身份,出庭作证。1946 年 2 月 16 日,他先到达莫斯科,接受初步的取证。对当时的情况,他在八十年代接受法国《解放报》采访时,曾做过如下追述:

　　　　我一到莫斯科就立刻被领到一个三千多人的听证会。这个听证会专门负责调查波兰和立陶宛发生的犹太人大屠杀。我在回答他们的问题时,有意把情况往轻里说一些,因为实话实说我怕没有人会相信。

　　听证会之后,苏兹科维尔旋即被派往德国,他取道柏林,于 2 月 22 日到达纽伦堡。在纽伦堡法庭的正式审判中,自己的证词该如何陈述,苏兹科维尔事先做了详细的准备,再没有把事实往轻里说,也没有丝毫的夸大其词,因为他现在是要面对凶手,当庭对证。从莫斯科到纽伦堡这段日子的各个关键时刻,都被苏兹科维尔记到一本笔记上。笔记共十二页,后来发表于 80 年代,题为《我在纽伦堡审判上的作证》。

纽伦堡法庭的取证工作,开始时进展缓慢。2 月 25 日,苏兹科维尔在笔记中苦闷地写道:

> 我能出庭作证的机会越来越小。到明天,苏联方面的起诉就要结束了。在是否让我出庭这件事上,看来是有不少阻力的。

然而就在同一天,情况急转直下。同一页笔记的下面一段,口气已经完全不同:

> 啊!刚才,斯米尔诺夫检察官来找我。我明天出庭作证!可是必须要讲俄语。我能不能过这一关?能不能毫无差错地完成我的任务,给历史、给我的人民一个交代?这只有上帝知道!

接下去的三页笔记是一天写成的,题头上标着:"1946 年 2 月 27 日,星期三,12 时 45 分,纽伦堡,在法庭上。"任何读这三页笔记的人都不能不感到震撼。开始的一段这样写道：

> 我在纽伦堡法庭上要做的证词做完了。此刻,在我的嘴唇上,还灼烧着我刚才向全世界、向后来人说出的那些词语。

由于法庭的要求,苏兹科维尔不得不用俄语作证。然而在开始陈诉的一刻,他忽然觉得自己对俄语掌握自如,而这种感觉在他是前所未有的:

> 算上检察官斯米尔诺夫上校提问的时间,我一共讲了三十八分钟。毫无疑问,是上天把俄语放到我的嘴里,将句子一个接一个排列出来。

几行之后,又有一段补叙:

> 苏联方面的斯米尔诺夫检察官曾找我谈过一次话,跟我解释我这次出庭作证的意义。他说:"您是第一位犹太裔证人。您应该以几百万死难者的名义来作证。您要向世人讲清楚,法西斯是怎样屠杀您的同胞的。"他走后,这个责任就把我的整个思想都占据了。出庭前的两天我

彻夜未眠。我看到母亲赤身跑过一片雪地,热腾腾的血从她被刺穿的身体里流出来,流到我房间的墙壁上,包围了我。

而讲到开庭时的场面,笔记上这样写道:

那个名叫马歇尔的美国宪警把我领进法庭。我看到我面前三米远的地方是被告席,样子像一个关押恶魔的笼子。那一刻,我的恐惧忽然消失了。我真真切切地明白了,这一次的胜利者是我,是我在指控,而不是他们。

纽伦堡审判的过程被拍摄下来。在影片中,我们可以看到苏兹科维尔作证的场面。他登上证人席,开始申报身份;在发言作证之前,他忽然停了下来,什么也不说。那短短的一刻沉默,是包含了千言万语在其中的。

在黑夜的边上

——读沙拉莫夫

> 我不单靠面包存活
>
> 凌晨，寒冷的黑暗里
>
> 我下到河边，在水中
>
> 浸泡一块明亮的天

　　这首诗摘自在瓦尔拉姆·沙拉莫夫的诗文集《一切或一切都不》。它用一种近乎稚拙的单纯，反抗着国家暴力对人的控制和迫害。

　　第一个句子有耶稣训诫的口风，但它所发出的背景却是科雷马劳动营。这种调置，使读者几乎听到一种咬牙切齿的声音。不论寒冷多么严酷，"面包"多么缺乏，"我"始终在这里，没有被抹去，一得机会就重新出现。而后的三行诗像是一场细微的解冻,语言把一种生存的可能性提供给诗人:他还能感觉到,能够说出"凌晨"、"寒冷的黑暗"、"河"、"明亮的天"。而诗人要继续感觉到自己的存在,并且诉说之、思想之,就必须介身于他周围的物的关系之中,成为这些关系的一部分。这种融入对他来说十分重要,它凭借一个综合了感觉和语言的"动作"实现,这个动作就是诗。诗人通过诗,近切地触摸着黑暗与光明,天和水。

我无从得知这首诗的写作,是在劳动营里就已经完成,因为机缘巧合侥幸留存下来;或者当时只是一个鲜明的形象,刻印在作者的记忆里,而真正形之于文字,却是很久以后的事。无论如何,这些简约如格言的句子,使一种现时感挺然而出,几十年后仍然震撼着读者。

瓦尔拉姆·沙拉莫夫 1907 年出生于沃洛格达。在《自传》一书中,他写道:"我的父亲是一位牧师,曾到阿留申群岛传教,1905 年革命后回到俄国。我母亲是一位小学教师。"

沙拉莫夫 1926 年考入莫斯科大学。"和那时那所大学里的所有学生一样,我不多不少也认为我会改变世界。"1929 年他在莫斯科大学的地下印刷所里被捕,以传播《列宁遗嘱》的罪名被审判,遣送到白海西南岸的索洛韦茨,劳改了三年。对这第一次判刑和苦役,沙拉莫夫晚年曾在系列作品《维舍拉河·反小说》中加以描述。

1931年他刑满释放返回莫斯科,投身于文学创作,发表了一些诗歌和散文。

1937年1月,他再次被捕,同年6月2日被内务人民委员会的特殊法庭宣判为托洛茨基派反革命分子,判处劳改五年。这一次,他被遣送到西伯利亚,在科雷马劳动营里做苦工,服刑期不断延长,总共有十六年多。科雷马劳动营位于西伯利亚东北端,从科雷马河原一直延伸到鄂霍次克海北岸,区域极其辽阔。它以马加丹作为管理中枢,包括若干开采基地和附属机构,由极北开发托拉斯统一管理,以劳改犯作为主要劳动力,在极其艰苦的条件下,开采具有战略意义的稀有金属矿藏。根据现有数据,1930至1956年间,在这个荒寒寥漠的劳动营里,一共曾有九十万劳改犯服苦役,大多数人因寒冷、饥饿、劳累和疾病而死去。在各个开采基地的人员调配上,劳动营有很大的流动性,不停地把犯人从一个营地转送别处,沙拉莫夫的经历就是一个典型的例子。

1938年12月,沙拉莫夫在马加丹矿井里服刑时,卷进一个无中生有的"法律专家事件",在工作地点就地被捕,押送到马加丹监狱。不久,制造事端的那些人,本身又以搞破坏活动的罪名被捕,而原来的被告们则全被开释,遣回各自的劳动营。沙拉莫夫没有立刻出狱,由于当时斑疹伤寒肆虐,他被隔离观察,在监狱里又度过一段时间。随后,当局将他遣往黑湖地区的一个煤矿勘探地,那里背靠阿特卡镇,距马加丹208公里,处于群山之中。勘探地不久关闭,沙拉莫夫转往阿尔卡加拉煤矿,距马加丹750公里。他在该煤矿下属的卡尔迪善矿井一直工作到1943年。

1943年春,沙克莫夫因怠工被遣送贾尔加拉惩罚营。在那里,他再次被投入监狱,禁闭一个半月后,于1943年6月22日被重新审判,判处十年劳改,这次的罪名是"反苏维埃宣传"。其后的几年中,他辗转于依阿格德诺伊、斯波科耶尼、贾尔加拉等地的营地,在缝纫厂、矿区和伐木场工作,几度生命垂危。

1947年,他在苏兹苏曼转送营里,得到医生潘奇乌科夫的帮助,当上了营地医院的医护助手。不久,他带着医生的介绍信,去马加丹参加护士学习班。学习结束之后,被派到距马加丹149公里的德宾医院工作,之后又被转到奥伊玛考内的一所医院。他的生活条件从此有所改善,开始有阅读和写作的余暇。他动笔写的第一批作品是诗,这些诗多被收入诗集《科雷马笔记》中,在作者去世数年后才得出版。

1951年,他服刑期满,但没有被释放,也无权离开科雷马营地。

1953年,斯大林去世。沙拉莫夫同年获得自由。秋末,他回到莫斯科,但因劳改经历无法取得在首都的居住权。在莫斯科暂住期间,他见到与他通信已有一年之久的帕斯捷尔纳克。他也见到他的家人:女儿拒绝承认他,妻子在两年后终于与他离婚。

1954 年,他住在莫斯科西北一百多公里的加里宁市,在一所泥炭厂谋到一份工作。同年,他开始创作他最重要的作品《科雷马纪事》。

1956 年,他获得平反,终于可以返回莫斯科,安顿下来。他同帕斯捷尔纳克的关系恶化,最后以决裂告终。

1960 年代,沙拉莫夫和索尔仁尼琴以及曼德尔施塔姆的遗孀娜杰日达过从甚密。他在一些重要的文学杂志上发表诗歌和随笔,同时继续《科雷马纪事》的创作。已经写就的那些纪事,投到苏联国内的出版社时均被退回。然而,西方译者很快注意到它们,陆续译成英文和法文,1966 年起在西欧数次结集出版。对此,沙拉莫夫并不感到高兴。他的健康每况愈下,生活十分艰难。

1973 年,十九年前落笔的《科雷马纪事》最终杀青,沙拉莫夫将手稿托付于一位在苏联国家档案馆工作的朋友。

1978 年,《科雷马纪事》的俄文全本出版,但不是在苏联,而是在伦敦。

1979 年,沙拉莫夫失明,听力也十分微弱,不得不住进疗养院中。在那里,他口述了最后一批诗歌作品。

1982 年,沙拉莫夫精神失常,被移送精神病院,不久去世。他有生之年,在苏联出版的著作,只是他后期写下的几本诗集,包括《打火机》(1961)、《树叶瑟瑟》(1964)、《道路与命运》(1967)、《莫斯科的云》(1972)和《滚沸》(1977)。至于叙事作品,终其一生没有在苏联发表过任何一篇。

1987 年,《科雷马纪事》第一次在苏联出版。苏联解体后,新成立的俄罗斯联邦将书中的片段列进中学生必读书目中。

＊

我们坐在一棵被风吹倒的大落叶松上。在极北这个冻土之国,树木几乎从来不能牢固地生长。一阵风暴就足以把它们连根拔起,摔倒在地上。普拉多诺夫向我讲述着他在这里的经历:尘世中我们不得不过的第二次生活。

讲述生活——科雷马的生活——,这是否也是沙拉莫夫写作的目的?倘若如此,那么《科雷马纪事》就做得既不够,因为它没有给出一个连续清晰的生平轨迹;又太多,因为它的篇章里交织着许多别人的生活,另一些讲述。

以一种断续、分散、裂变的传记形式,或者正是得益于这种形式,《科雷马纪事》达到了一种庞大的规模。全书共含

146篇作品,分成6辑:《科雷马纪事》、《左岸》、《铁铲能手》、《论罪犯的世界》、《落叶松的复活》和《手套》。除《论罪犯的世界》一辑中的八篇随笔外,其余都是叙事作品。从结构上说,这本书并非长河小说式的连续体。书中作品通常比较简短,各自独立,分别描写科雷马的一人、一景、一事,或者分析劳动营体制的某个齿轮。要找到一条线索,一线串珠地将这些篇章描绘为一个整体,给出一个总的印象,这是很困难的,甚至完全不可能。即便将书中屡次出现的"我"当成作者本人,把关于他的段落都看作他人生经历的断片,这种整合仍然难以完成。更何况,书中的"我"其实并非一人,它有时指代沙拉莫夫,有时只是某一虚构人物的人称,有时又混合这两者。另外,类似甚至相同的情节,在不同篇章中也有迭现的情况,或者发生于复出的同一人物,或者干脆安到别人头上。这种情况,是否和《科雷马纪事》长时间、分散式的创作过程有关?还是作者的记忆,这个被书写支撑着、实现着的记忆,本身即已如此?

在沙拉莫夫的书中,传记的冲动不仅指向他自己,它总是同时指向别的劳改犯——当局称之为"则卡"的那些人。无论是沙拉莫夫的亲身经历,还是他耳闻目睹的别人的故事,都常常奇特得令人难以置信:"我"或是"他"之所以能活下来,还能站在这里写作、讲述,这首先是一连串偶然的结果。然而,正是这些偶然，使读者感受到一种恐怖的普遍状态，作为背景无时无刻不存在于科雷马：一个巨大的国家机器，正同步地、均等地搅碎一大批人的生命。人与人的区别，已被一种无名状态所取代。无法承受的压迫作用于所有犯人身上，因不可理喻而更加苦楚。当时经历这种苦楚的到底是"我"，还是另一个则卡，这其实并不像想象得那么重要。而幸存下来的人们，在多年之后，必须日复一日、时复一时地抵抗这种压迫的阴影，才不致于沦入彻底的绝望之中，这也是一种共同的命运。

见证，作品：这二者之间的界限很难划分。《科雷马纪事》这样的作品的存在，更使这种区分几乎变得空洞无谓。

群体性历史事件的见证者，并不能像某些历史学家设想的那样，可以还原为一个绝对客观、真空状态的证人。不能苛求他像机器一样单纯地记录事件，然后再把它"如实地"陈述出来。他是一个人，曾经生活在历史事件之中，这个简单的原因使那些极力剔除见证者主观介入的企图，都是徒劳无益的。我们更应该分析他在历史事件中，到底占据怎样的一个主观，这个主观，对他又有何种必然性和意义。记忆，情感，身体的悸动，精神世界的波澜：历史事件在个人身上留下的所有痕迹，都是值得我们关注和思索的。在这一点上，作家通常比历史学家做得好。弗吉尼亚·伍尔芙在《日记》中，就伦敦轰炸中她自己的感受，进行过一番描写与反思，我觉得那是个人见证历史的一段典范文本。

当一个作家决定以自己的笔见证群体性历史事件时,他总是力图把眼光放得更长远一些,将事实了解得更透彻一些。写《14年的人》的莫里斯·热内瓦和写《奇怪的败退》的马克·布洛克,都是明证。作家的观察和了解,势必通向某种理解,即便只能理解事件的一个部分。也势必达成某种判断,而这种个人的、主观的判断,为将来历史事件能得到更广泛、更客观的判断,做出了准备。

20世纪是一个不断被群体性历史事件所摇撼的世纪:战争,群众运动,走向极端的政治潮流。这种情况,使见证者的地位变得空前重要起来。见证者的发语,在社会的象征机制中构成重要一环。那些奠定人与人最基本关系的象征行为——语言的可能性,说话和被倾听的权利,通过语言对别人施加的影响——,都同见证有着千丝万缕的联系。

卡内蒂在分析1927年7月15日维也纳一场以暴乱告终的工人游行时,注意到这样一个事实:群体性历史事件的参与者越多,就越需要有个人的眼光来观察,个人的声音来讲述,才能得到理解和记忆。这个命题,卡内蒂在他后来的"政治诗学"著作中曾屡加阐发。是否可以说:因为从来没有任何超越历史的证人和法官,因为那些决定什么值得记录、值得重视的权力机制从不能完善无缺,所以群体性历史事件的集体记忆,无论其群体性有多高,总面临着一种危险:被遗忘,就像它们根本没有发生过一样。

说到斯大林时代的苏联劳动营,对它的遗忘却不是一种欠缺,而是有组织、有目地进行,而且在事发时就已开始。苏联当局一方面把数以百万计的政治犯流放到古拉格,强迫他们在非人的条件下服苦役;一方面又迫使整个社会对此视若无睹,忘掉这个庞大人群的存在。权力的威胁,应该被每一个人时刻感觉到,又绝不能成为一个"话题",不能让人拥有一个讨论它、调查它、判断它的空间。因而,科雷马的劳改犯们,对于"普通人"来说,既存在着,又不存在。而这种暧昧,沾染着所有其他的社会关系。这是一种由国家机器维持着的消失。对于它,社会只能缄口不语,用一种默认甚至默契加以包裹。

《科雷马纪事》否定着这种默认和默契。这本书的存在本身,就是对官办消失的反抗。然而,沙拉莫夫的文字丝毫也没有英雄主义的特征。诚然,书中的许多章节讲到劳改犯们的抗争,无论是"我"还是别人,在不得不抵抗当局的迫害以求生存时,总是表现得既顽强勇敢,又诡计多端。然而,这种抗争不论是一个人的造反,还是一伙人的行动,它都从来不能构成一种变化,无法指示任何出路或前方。苦难和反抗构成一个条件反射式的反应结构,总是在一时一地随机地发生,"多活一天算一天"而已。在那下面,没有什么东西在构建,慢慢成熟,给当事者一个希望:苦难终将过去,我会回到家。而这种方向性的缺乏,使《科雷马纪事》中的苦难,不是《奥德赛》式的历险,更不是哲理性成长小说里的磨砺。

沙拉莫夫在书中几次提到:"经受考验,继续前进"或者"改正错误,重新做人"之类的意识形态话语,日复一日地被劳动营当局使用。这些豪言壮语,似乎在给予犯人们一线明天的希望。其实,它们只适用在那些刑事犯身上,而它们的存在本身,已在刑事犯和政治犯之间划下一条鸿沟。无论在任何场合,劳动营当局总是更信任刑事犯。那些罪行累累的"恶棍",更是得到当局的青睐,享受各种特权,充当廉价的打手,凶残地欺压别的犯人,在劳动营里制造恐怖气氛。

在这种环境中,沙拉莫夫表现出惊人的承受力。他在科雷马度过十六年,最终活了下来,却没有一次屈从于当局的威逼利诱,检举揭发其他的犯人,更没有沦为密探或爪牙以求减刑。对那些凶横的刑事犯工头儿,他也从未屈服巴结。《科雷马纪事》中几次提到,有些知识分子在劳动营里成了刑事犯的御用文人,各有各的主子,主子要消遣解闷时,招之即来,说学逗唱甚至"发表小说",以换得一勺残羹冷饭。对这种奴颜婢膝,沙拉莫夫十分憎恶,总是远远避开。这大概是因为他不惜一切要保住他与狱前生活的联系,而这种联系最具体的表现就是写作伟大文学作品的愿望。现在,那些"狱用文人"们,正在他眼前卑下地戏耍着这种愿望,这在他当然是无法容忍的。另外,他对语言在劳动营世界的退化也十分敏感,屡屡加以描述、分析和批判,特别是在《论罪犯的世界》一辑中。犯人权贵阶层——"恶棍们"——使用的那种戏剧化、调侃玩世的语言,尤其令他深恶痛绝。他自己简洁纯粹的语言追求,正可以看作是对这种恶棍语言的反抗。

无论沙拉莫夫的承受力多么大,无论他在肉体和精神上抵抗得多么顽强,科雷马的经历总归是消极的,而且消极得彻头彻尾,深入骨髓。这一点,沙拉莫夫在书中屡次加以强调。过度的苦难,只会瓦解人的自我,使他与别人的关系崩溃,那里面没有任何"教益"可寻。有些东西,人最好永远也不要看到。无论是在漫长的监禁期间,还是在那之后的岁月里,都不会有任何"经验"形成,把曾经的苦难转化为一种智慧。夏洛特·戴尔波(Charlotte Delbo),一位纳粹集中营的幸存者,战后回顾她自己的监禁经历时,把它称为"一种毫无用处的知识"。

劳动营生活的根子就是腐烂。没有任何人会出淤泥而不染,在出离之后超然地将它呈现于言表,作为一个"礼物",献给别人或后代。幸存? 新的生活?"我活下来了",这句话本身就包含着"我"对"活下来"的羞耻,因为"我"看到了那一切,因为我也在场,曾经为了"活下来",或多或少地参与其中。

在《科雷马纪事》中,作者要记忆、要通过写作返回的那个过去,经常被他称为"矿脉"。这个词当然首先让人想起科雷马劳动营的金矿、铝矿和煤矿,沙拉莫夫曾长期在那里做矿工。但是,即便是最真实最近切的名词,在沙拉莫夫笔下也经常带上象征意味。"矿脉"一词就是例子,它时常被作者用来指称"过去":因为某种原因,有一整段过去被完整地保存下来,留在岩石中,等着他去挖掘。

沙拉莫夫追求重现过去,这种重现有双重的特征。一方面,过去已很遥远,难以重现于现时;而在极权主义的环境下,这种困难得到制度上的支持;作家要实现这种重现,必须踽踽独行在一片虚白的空地上,举步维艰,似乎永远走不到尽头。然而,另一方面,借助文字的力量,借助诗,过去的时光有时又会恍然出现,比现在更现在、更盈满,几乎令回忆者目不暇接。这种双重的特征,沙拉莫夫曾在《一切或一切都不》中这样说明:

　　六十余年的生活中累积下一个个场景,它们怎么能够浮出于人的记忆? 我懂得这其中的道理:在人的头脑中有一个地方,用数不胜数的一卷卷磁带,把人生中的场景全都保存下来。只要我的愿望足够强大,我就总是可以迫使自己去寻找，把某一天某一时刻的那卷磁带调出来，使当时的场景重新出现于眼前。这种重现，可以是一天，也可以是我过去的整个生命。在人的头脑中，没有任何东西会被抹去。记忆是一件痛苦的工作，但它并非不可能。

过去的重现，必须靠斗争才能获得。凭借自己强大的"愿望"，凭借词语的力量，一个人可以抵消极权主义所组织的遗忘，对过去的事件做出真实而有效的见证。对沙拉莫夫来说，这种记忆工作当然从他在劳动营时就已经开始了。在当时的情况下，它的艰难是可想而知的：同别的劳改犯一样，沙拉莫夫每天要完成极其繁重的工作定量；他能得到的食物和休息时间，只够补充他在劳动中消耗的体力，没有丝毫的盈余，而且在很多情况下，连这个底线都不能保证。劳动营当局的苛刻和残暴，有一个明确的目的：犯人活着，却没有任何体力或精力来拥有他自己；等他死去时，也不可能把任何东西或话语留给别人。他的生活应该随着死亡而彻底消灭，他曾经占据的那块空间必须被抹成一片白，连最模糊、黯淡、无关紧要的痕迹，也绝不容许留下。正是在这样一种条件下，沙拉莫夫开始了他的记忆。

过去的重现，一种胜利？可以说是。然而同时，过去一旦重现,却又呈露出一副骇人的景象:解冻中露出土来的一堆尸体。

《租借法案》这篇作品取材于真实的事件,但它的象征意味又不言而喻。由于美国在二战中对盟国实行"租借法案",一台美国生产的推土机作为援助物资运到苏联,被分配到科雷马劳动营,参加开矿工作。它的强大功率引出了一个始料未及的后果:

> 山坡上的浮土都被推走了。山变成一个巨大的舞台,上演着一出劳动营的神秘剧。尸体开始从山肋上露出来,一具接一具,顺着坡地往下滑。

沙拉莫夫解释说,因为劳动营里没有焚尸炉,只能在岩石和冻土中随处掘出浅坑,掩埋劳改犯的尸体。而现在,这些尸体又被推土机重新推回光天化日之下。

> 推土机把这些冻得硬邦邦的尸体推成一堆,足有几千具,全都干瘪得像骨架一样。一切都保存如初:蜷曲的手指,化脓的脚趾,薄得几乎保不住血的皮肤,因饥饿而闪光的眼睛。

沙拉莫夫在此处暗示:山上的岩石有一种愿望,要"记住一切,什么也不忘掉,等待着,有朝一日把这个秘密大白于天下"。

记忆,暧昧的行为。过去的重现,像推土机翻出的尸体一样可怕。那么,忘却是不是更能令人安慰? 在这里,沙拉莫夫把岩石和草这两个形象对立起来:

> 我回想起柳叶菜的凶猛的火,如何势不可挡地燃烧在夏天的泰加森林里。它把人的一切作为,无论善恶,都吞噬了,埋进它细细的叶子中。草比人忘得更彻底。人只是遗忘而已,草不会让过去有丝毫存留。然而,冻土带的岩石却永远不会忘掉任何东西。

草是平抚人心的:它永远地周而复始,消除着一切记忆。草与人的遗忘相似,给它以表象,预先支持着它。而岩石得力于寒冷,保存了整个过去。它代表一种绝对的记忆,不可动摇。在这两者之间,沙拉莫夫本能地选择了岩石,因为他是一个矿工,因为岩石与他的性质相同。

霍然涌现的过去,应该如何书写? 这首先要求作者做出分类和选择。正如沙拉莫夫所说,作家和科雷马矿区的那些则卡一样,主要工作就是切割。

一方面是分类和选择的要求，一方面是重现整个过去的意愿，这两个几乎矛盾的倾向，如何在写作中调和？对沙拉莫夫来说，这尤其是一个难题，因为他无法依靠不断的修改，渐渐在这两者之间找到平衡。他几次说过，他从来不改自己已经写下的文字。

对《科雷马纪事》的写作方法，沙拉莫夫曾经做过若干说明。这些说明总是片断式的，很难统一在一起。然而，它们都直接或间接地提到一点：对过去怎么书写，这要看过去是怎么形成的。过去的形成方式具有强大的力量，支配着作家的写作，同时又为它提供所有资源。

过去是怎么形成的……然而科雷马的过去，在形成之时不就已在消解了吗？结束一天苦工的则卡，难道不想把刚刚经历的折磨和屈辱，赶快统统忘掉？对这个问题，沙拉莫夫的回答是：想，但是不能够。在《一切或一切都不》中，他写道：

> 我想尽可能地忘掉这一切。然而眼睛却记录着，自动地。

这种忘掉的不可能，是因为劳动营的每个囚犯总是处于持续的暴露之中，他没有任何私人的空间，也就不能实现任何私人的意愿。他想忘掉一切，然而一切立刻在他眼前提醒他。

不可能忘掉,这在经历者是一种极端的痛苦,在写作者却是一个巨大的能力:"倘若在那一晚,我无法忘掉一天里发生的事情,那么一年后,十年后,五十年后,情形不也总是依旧如此吗?"科雷马的印象无法消抹,科雷马的过去没有真地过去。写作的意义,就在于显现这些印象,重经这个过去,虽然这意味着作者要不断地重温苦难。在写作的上源,有太多的回忆积蓄着,由痛苦粘合为一个整体,等待被书写,要求被书写,越过时空的阻隔推动着作者,令他欲罢不能。

"那时那里"的印象,之所以有如此强大的力量,一方面是因为它们构成一个孤绝的时间段,没有以任何形式被后来的"这时这里"所纳入,无论从个人还是从社会来说都是如此。另一方面,这当然也是因为这些印象和"我"——印象的感受者和回忆者——有十分特殊的关系。印象的保存如初,它们一成而不可更改的状态,它们对"我"后来生活的决定性作用,在很大程度上要归因于"我"在这些印象产生时所处的状态,这种状态一言以蔽之就是"我"的缺无。或者说,印象之所以如此鲜明地留在"我"的头脑中,恰恰是因为这头脑在当时几乎是空白的。一个人在正常的情况下,总是生活在一种自我联系之中:依靠一些基本信念,他自我判断;相对于一些基本的人际关系,他自我定位;根据一些基本的社会规则,他自我维持。正是这一切,使他足以构成一个感觉的主体,思维的主

103

体,对他周围的世界做出反应、判断和理解。然而现在,在劳动营的世界中,这种整合性的自我联系忽然消失了,人无依无靠,没有任何坐标和准则,在混乱的时空中漂移,承受着痛苦、劳累、寒冷、饥饿,却不占有一个相对固定的角度来感知它们。可以说,劳动营里的他,既是他又不是,既在场又缺无。正是在这样一种状态下,印象进入他的感官,在空白中留存下来。多年以后,当它们重新出现,迸发于他的眼前时,它们忽然获得了一种以前所不具备的凌厉的可感性,幽光闪闪,倾盆而下。用一种悖论的说法,那就是在这种情况下,第二次出现的记忆,才是第一次发生的事件。矿脉重见天日时,它才开始存在。这个悖论,大概可以解释为什么《科雷马纪事》能够综合两种极端:它书写的"记忆",既是过去,又是现在;既局部,又全体;既绝对地贫乏,又绝对地富足;既表现出冰冷的绝望,又饱含着热烈的渴求。

在沙拉莫夫的纪事中,"我"这个人称散发着怪异的光彩。它似乎不是一个积极的人称,不指代任何实际的存在体,而只是某种提及,提及一个正在消散的人形,或者一种无告的虚弱。而纪事中的物,含义也十分模棱。风景、植物、动物、工具、日用品,在劳动营的语境中,丧失了它们通常的意义,变成一天天重新做出的判决,决定一个人能否继续生存下去。有时,西伯利亚的广袤和寒冷,成为劳动营当局的迫害工具甚至帮凶,似乎具有歹毒的意志,一定要置犯人于死地而后快,就像《绿色检察官》中写到的那样。有时,它们又忽然变成一种安慰,虽然微乎其微,却非常切实,能救人一命:几个浆果或蘑菇,一口凛冽的空气。而描写它们的句子,用一个个细节让读者感受到:无论自然的威胁,或者自然的慰藉,都是在一片苦难的汪洋大海中,被一个正在丧失感觉的人感觉着,几乎像是临终者忽然产生的一场幻觉。而惟其如此,它始终强悍而鲜明。

沙拉莫夫的散文达到很高的艺术造诣。它结合着盈与虚,说与未说,在讲述和描写的同时,总是导向某种悬于虚空、只可意会的东西。用他那来自黑暗的清明的语言,沙拉莫夫重现出一个恐怖世界。在这个世界里,人占有的空间告诉他:你已没有任何生存的空间,你已被抛出于社会之外。而且,即便是这个否定着的空间,也即将被雪掩埋,在冷漠中化为乌有。终其一生,沙拉莫夫同这种恐怖进行着殊死的搏斗。对他而言,这场搏斗构成了见证者的人格,也支持着作家的工作。

杀人的一刻

——读大冈升平的《俘虏记》

　　当那个美国兵挺直身子，完全暴露在我的视野之内时，我的第一个感觉是害怕，不是为我，而是为他。钢盔的前沿儿影翳着他的上半边脸，可我还是立刻看出他非常年轻。现在回想起来，他的脸在眼睛那里，有一种很严厉的表情。

　　美国兵冒冒失失地向前走着，丝毫没有察觉到危险。日本兵正在盯着他，只要手指轻轻一扣，就可以让他一命归天。

　　这个瞬间在大冈升平的《俘虏记》中被细致地再现出来，构成书中最为特殊的一节。《俘虏记》是一部见证文学作品，大部分取材于作者二战期间的亲身经历。作者凭借他确切的记忆力回顾这些经历，偶尔也加入一些虚构的情节。

在应征入伍之前,大冈升平是一个知识分子,从事文学批评工作。只是到了二战之后,他才成为一位小说家,在20世纪小说史上占据一个重要的地位。从少年时代起,大冈升平就对法国文学抱有浓厚的兴趣。特别是司汤达,成为伴随他一生的精神导师。即便在战火连天的岁月里,大冈升平对《巴马修道院》的作者,也总是念念不忘。而当某些关键事件发生时,比如刚才提到的那个时刻,必须要对杀人还是不杀做出抉择,司汤达的名字总是重新浮现在他的脑海中。

大冈升平1944年夏参军,时年三十五岁。集训三个月后,他被送到菲律宾战场,驻守在民都洛岛上,头三个月并未经历战事。当年12月15日,美军开始对民都洛实施登陆作战。日军防守失利,退入海岛的纵深地带,被分割成几个孤立的营地,补给断绝,很多人染上热病,处境越来越艰难。

接下去的几周里,情况继续恶化。大冈升平自己也得了疟疾。据传记作者大卫·斯塔尔(David Stahl)记载:"1月24日,美国人对内岛发动攻击时,大冈升平已病得无法行走。他侥幸躲过美国人的第一轮轰炸,但就此与战友们失散了。"

正是在这种饥饿、病痛、孤立无援、奄奄一息的状态下,大冈升平看到了那个年轻的美国兵。

"我倒在树林边缘的一片杂草中。"大冈升平这样记述当时的情形。草掩蔽了他,使他暂得喘息,不用担心被敌人看

到。虽然他身体极度虚弱,可还是听到什么动静,警觉起来:

> 只能听到一阵轻微的脚步声,从草地另一边传来。
> 我一激灵,探头向前看去。果然有个美国兵正从那里
> 走过。

这个瞬间并非两相对抗的一刻,因为敌方士兵根本不知道他在场。讲到这里,大冈升平忽然中断了叙述。或者说,他从第一种叙事——笔速迅疾地写出美国兵"像山里人那样迈着大步走来",转入第二种叙事,以一个回顾者的眼光,写那个时刻留给他的印象,还有挥之不去的困惑之感。而最令他困惑的,恰恰是当时他自己的反应。

这种叙事方法的切换,是否旨在揭示一个秘密? 大冈升平将那个特殊的时刻,称为"最初一幕",并强调自己是在一种精神分析学的意义上使用这个词。

> 那一刻,那个美国兵的形象反射在我的视网膜上。
> 同时,毫无疑问地,它在我的精神世界里也留下了印记。

的确,当大冈升平多年后回忆那个紧要关头时,重新出现在他脑海中的情境,是一串时断时续的"形象",中间有很多空

缺,这与精神分析学里讲的"最初一幕"有相似之处。作者将这些形象一一重新检视,并在其间加入不绝如缕的反思。

以一种交织着反讽与激情的语气,大冈升平不断拷问自己,作为一个垂死者,作为一个受过杀人训练的士兵,在那个生死攸关的时刻,他到底在想些什么。

年轻的美国兵毫无防备。叙事者的手里却攥着步枪,而且"保险盖儿已经打开了"。对他来说,杀死敌人易如反掌。

"这个美国人,他是一种庞大暴力的最终一极,而这种暴力的目的就是要压碎你。"躺在草丛中的日本兵想道。

然而,他没有扣动扳机。美国兵渐渐走远,无知无觉地躲过了一场灭顶之灾。

在那时,什么样的动机决定了大冈升平的行为? 与他的士兵身份相反的、对杀戮的一概拒绝? 对当时涌上他心头的各种意念,做了一番审视之后,大冈升平说不是这样。

诚然,我对敌人没有什么仇恨。不过,正如司汤达的一个人物所说:"一个人与敌手若是到了刀兵相向的地步,那他与其把自己的性命拱手相让,倒不如先发制人杀死对方。他有这个权利。"不错,在战场上,即便我知道对方是一个无辜的人,不想杀害我,只要他有杀害我的能力,我就会毫不犹豫地以最残忍的手段对付他。这件事发生之前,我从未想到在这样一个关键时刻,我对一个出现在我面前的敌人,会一枪不发把他放过。

那么,使他终于没有开枪的,是不是一种荒谬感:因饥饿和疟疾而命在旦夕的他,在倒毙沟壑之时,还要举枪射杀另一个人? 大冈升平本人倾向于这个解释:

> 毫无疑问,我当时之所以不再遵从那条"与其被杀,不如杀人"的犬儒主义原则,是因为我对自己能否继续活下去已经不抱任何希望。显然,如果我本来转眼就要死了,"与其被杀"这个假设,就不再有任何意义。

对促成他没有开枪的各种可能原因,大冈升平经过一番回顾和权量,又举出重要的一点,那就是他当时孤身一人。那种足以把他卷入暴力的来自"战友"的压力,那种可能左右他行为的同一集体的"默契",本来时刻观望着他、品评着他,现在忽然不存在了。的确,在很多历史事件中,根据杀人凶手们自己做出的"见证",这种可怕的"团队精神"具有巨大的杀伤力:执行巴巴罗萨计划的德国突击队员是如此,卢旺达参与种族屠杀的胡图族民兵们也一样。至于大冈升平,可以说他这个知识分子属于最不易受群体感染的那种人;与日本兵进行的那些集体虐杀事件——发生在几年前的中国,或当时的南洋——,也最不靠边。然而,即便是他,来自同伴的压力,也仍然始终感觉得到,直到他孤零零地倒在草丛中。

在接下去的几段中,《俘虏记》的作者给出最后一个原因,解释当时他为什么没有开枪。这个原因与前面提到的那几个性质完全不同。对作者来说,它最重要,也最明显,处于整个事件的核心地位。

在很远的地方,另一个美国兵出现,叫了那第一个美国兵一声。

> 留在山谷那边的一个士兵喊了一声。他回答着,冲声音传来的方向转过脸去。

一个细节,让草丛中窥探的日本兵目瞪口呆。

> 就是在那一刻,我清楚地看到他的脸颊是桃红色的。

在后边的文字中,桃红色又几次被作者提到。它是"最初一幕"一个不可忽略的元素,深深地印在他的记忆中。

> 当年轻的美国兵转身回望山谷那边的同伴时,他露

出的桃红色的脸颊，把我深深地打动了。

大冈升平的句子似乎被某种欲望所驱动，要真真切切地返回过去的一个时刻。他是否认为语言有一种能力，能让他调转整个身心，重新去经历他不得不做出的一个抉择？无论如何，对大冈升平来说，那个关键时刻游离于普通的时序之外。写作的他，似乎仍旧伏在草丛中，继续犹豫着。

在决定性的时刻，同杀人的"清凉"相对立，一个人面颊上的桃红色焕然而出。大冈升平屡次谈到这一点。

这张脸的美好，首先让我心里升起深深的赞叹之情。皮肤底色的白与脸颊上鲜明的桃红色，互相映衬，又糅合着某些我们这个种族所不具备的线条特征。说到底，这张脸美得普普通通，并没有什么出奇之处。可是，从珍珠港事件以来，我几乎再没有机会看到这种美。现在猛然间看到了，心头不禁为之一振。

这种桃红色，首先代表着另一个"种族"。习惯于外貌彼此雷同的日本人，对这一点尤其敏感。然而，这种桃红色也是青春的颜色，无论在哪个国家都是如此。而对于当时三十五岁的大冈升平来说,这种色彩已是往事云烟了。

又一次,他的年轻让我震惊不已。从第一眼见到他起,我就看出他年级很轻。但现在他离我只几步之遥,不再采取侦察兵的姿势,而是把头抬起来,露出了刚才被钢盔遮住的面容。我又吃了一惊:他比我想象的还要年轻,连二十岁都不到吧。

大概正是这种来自种族和年龄的双重的异己性,掺糅着更为普遍的人性,使得当年那个时刻的每一细节,都保留在日本兵的记忆里。

他说的话我听不明白。但那嘹亮的嗓音,同他的面容是很相配的。话说到末尾时,有些吞音,他的嘴角微微撇动,就像孩子们说话时那样。

草丛中的日本兵忽然替这个美国青年担起心来。作者借助他的句子,急于要返回过去,就像我们看到一个亲人面临危险,想警告他、救助他,但又因时空的阻隔,无能为力。

现在他把头又压了下去,朝山谷那边张望,像是要从斜刺里替他的同伴监视前方。

这时日本兵感到一阵冲动,要不顾敌我的区分,不惜自己的性命,告诉这个莽撞的年轻人:是他自己身在危险之中! 大冈升平用一个加在括号中的句子,描摹出这种冲动:

> 当时,他需要监视的地方,显然不是山谷那边,而是我藏身的这个草窠。

以一种自由而坦率的风格,大冈升平的文字努力朝过去返回,这种返回既发生在过去之中,又发生在过去之上。正是这一点,使他能把当时自己精神状态的浮动,很好地表现出来。

当时,他对那个美国兵所持的态度,除了成年人对青年的怜惜,是否也有父亲对儿子的情感?

> 我,一个已经生儿育女的人,看到那个美国兵时感到的激动,有点儿类似于我们看到别人的孩子时产生的温情。或者说,类似于我们看一个年轻人时,忽然依稀看出他身上那个从前的孩子……

这种激动十分强烈,超过了限度,微微含有色情的意味。因而它被作者以自嘲的一笔推到一边:

> 不过,如果说就是这种激动使我最后没有开枪,那恐怕是言过其实的。

奇怪的是,这种父亲的情感刚被压下,一种母性的态度又转而出现,冲入作者的思考之中:

> 无论如何,这种假设大概可以解释,为什么当美国兵终于走出我视野时,会有这样一个念头忽然浮现于我头脑中:他的母亲真应该好好地谢谢我。

美国兵的母亲? 在这个念头中,有什么东西意味深长。因为大冈升平自己,对战争中这个奇特时刻的回忆,对回忆的不确定、完全重现过去的不可能,也是采取了一种母性的态度。在很大程度上,这种态度折射着作家与作品的关系。

> 或者是因为我从来不愿细细回想这件事,或者是有某种普遍的规律——母亲总是在分娩之后忘记分娩的苦楚——已将那些过于痛苦的回忆,自然而然地从我的记

忆中抹去。因此我不能说,那一刻蕴含的全部的力量,还
有它在我心中激起的紧张和矛盾,现在都完整地再现于
我的笔下。

遇到那个美国兵不久,大冈升平企图自杀。但当时他已
虚弱到求死不能的地步。一队美国兵俘虏了他,或者不如说
把他从道边拎了起来。他被关押在莱特岛的战俘营中,直到
战争结束。就是在那里,他得知原子弹袭击日本的消息。

这段悲惨而又不平凡的战俘经历,构成了《俘虏记》的主
要内容。

大卫·斯塔尔说:"大冈升平活了下来,却变成一个身负
重伤的人,从肉体和精神上说都是如此,即便到他去世的时候
也依然没有平复。"

*

当时他正在港口值勤,离爆炸中心三公里左右。爆
炸发生时,一个坚固的建筑物屏蔽了他,他没有受伤。

这段文字出自田村秀子之手,其中的"他"说的是她的父
亲。田村秀子本人 1945 年 8 月 6 日也在广岛,经历了原爆。
但是多年之后,她的父亲才向她讲起那一天发生的一件事。

田村秀子 1952 年来到美国,其后一直生活在那里。她是《阳光照耀的一日》的作者,那本书追诉了她在广岛的童年经历。在一篇题为《广岛回忆》的文章中,她写道:

> 我现在生活在美国,作为社会工作者,服务于芝加哥大学医院的肿瘤放射科。这是一份让人感到欣慰的工作。几十年来,游离辐射在诊断和治疗上的应用,已让数以百万计的人缓解病痛。

同一篇文章,用一种侧面而隐蔽的方式,引入广岛原爆的话题。读者不难猜出,这段经历与田村秀子后来在美国的工作不无关系。

> 离我工作的医院大约几条街远,有一座亨利·摩尔的大型雕塑,叫"原子能"。雕塑所在地,就是 1942 年 12 月恩里科·费米领导的那个天才小组为曼哈顿计划首次实现可控链式反应的地方。对我来说,"原子能"的形状像一朵可怕的蘑菇云。除非万不得已,我决不会从那里走过。

行文至此,田村秀子才切入主题,追忆她在广岛经历的原爆:

这大概是因为我对那个闷热的夏日,对我十几岁时居住的那个城市,一直无法忘记。那一天,8月6日,广岛的太阳和大地混成一片。那一天,在我的亲友和同学中有很多人死去。我再也见不到我的堂兄秀行,他总是像对亲妹妹那样对我。再也见不到三善,我少年时代最好的朋友。在那一天,广岛有两个太阳,母亲再也没有回家做午饭。

广岛原爆三十三年后,田村秀子的父亲来芝加哥参加她的婚礼。借这个机会,父女之间进行了一场以前根本无法想象的交谈。

多年以来,我们很少谈到那个无可诉说的过去。然而就在那次美国之行中,他却跟我讲起一件事,我过去从没有听说过。爆炸发生几小时后,他看到一个美国战俘,呆若木鸡地站在混乱的人群中。那是个年轻人,不过十七岁,金发碧眼,只穿一条短裤。围着他的那些受伤的平民,大多是些老人,他们冲他挥舞着石块,要砸死他。父亲当时是军官,走上去勒令他们住手,责备他们,说:这个美国人是战俘,受日本军方的保护;他没有武器,也显然不想伤害任何人;你们这些老百姓,平时一向是安善良民,现在这种情况下,也不应该变成杀人凶手。

从一群老人手里救下一个美国战俘的命,田村秀子的父亲当时并不会因此付出沉重的代价。那不是一个奋不顾身的英勇时刻:他只是在混乱中保持了最基本的能力,继续关注着别人的生存,即便是对敌对阵营中的一员。

父亲后来听说在原爆中大概死了四五十个美国战俘,他们当时正在爆炸中心不远做苦工。因为他是负责清理工作的军官,人们就来问他:这些美国战俘的尸体怎么办,是不是同日本人的尸体一同火化? 他回答说,美国人的尸体,应该按照他们本国的习俗处理,也就是说土葬。因而就在太田川的河岸上,把那些死于原爆的美国战俘一一掩埋了。

而对那个几乎还是个孩子的美国战俘,也应该当作敌人看待吗?

父亲说他后来经常问自己:那个满眼恐惧的年轻人怎么样了,他的父母怎么样了。几乎可以肯定,他没有活着回到他的家中。他的父母,多年来大概一直为他哭泣不已吧。说到这里,父亲的眼里噙满泪水。

他靠给予存活

——作为见证者的扬尼斯·里索斯

"礁石上有一块蓝色的阴影,还留着海鸥的爪迹,——一个小小的十字,印在我们的灵魂的沙滩上,一直到我们开始觉得温暖。"

——扬尼斯·里索斯《1950 年 3 月 11 日致卡伊图拉的信》

"见证"一词在 20 世纪获得新的含义。这个世纪最重大惨烈的历史事件,都与国家暴力有关。在这个背景下,所谓"见证",就是将有组织、大规模的政治暴力如何发生这回事,从亲历者的角度诉说出来。从根底上说,"见证者"是一个"余生者",因为他经历的那场暴力本应将他吞没,或起码是剥夺他的话语,使他悄无声息地自消自灭。而见证的语言,也自然就是一种劫后的语言，本应不存在，然而存在着。

希腊诗人扬尼斯·里索斯作为政治犯，一生中经历过几次监禁。他在各个苦役营里写下的诗篇，是一种"见证"吗？1950年，他禁闭在阿伊斯特拉提斯岛期间，写过一首长诗，叫作《寄约里奥-居里》。诗中写道：

> 好一阵子我没有纸，没有笔，没有音乐
>
> 我不知道太阳从哪里升起
>
> 风的手拂过我的手，我认不出它来
>
> 水罐的唇压上我的唇，我把它当成陌生人
>
> 我不再刮胡子，也不再写诗

"不再写诗"？里索斯在辗转关押于岛屿苦役营的岁月里，其实写下了很多优秀的诗篇，记录当时极为艰苦的环境。他著名的诗集《石头的时间》中，有一篇《马科洛尼索斯组诗》，最后一首的最后一行下面，标着创作日期："1949年八至九月，马科洛尼索斯岛"。

里索斯1920年参加希腊共产党。二战之后不久，希腊内战爆发，里索斯因自己的政治信仰被右翼政权逮捕，1948年解往利姆诺斯岛的牟得洛斯"国民改造营"，1949年转至马科洛尼索斯岛。1950年，由于国际舆论的干预，当局将他从号

称"地狱"的马科洛尼索斯岛提出,押至条件稍好的阿伊斯特拉提斯岛,实行隔离监禁,就是在那里他写下了上面提到的致法国科学家和共产主义者约里奥-居里的信。这封信寄到法国,在欧洲知识界引起反响,阿拉贡称里索斯是"在世的最伟大的诗人",不遗余力地奔走呼号。但是直到1952年,希腊政府才迫于舆论压力,将已监禁四年的里索斯释放。

在马科洛尼索斯岛度过的岁月,是这四年监禁生活里最苦楚的时期。一个"被改造者"要在那里写出诗来,光找到"纸和笔"是不够的,他还要在诗句写好后,立刻把它们小心地藏起来。"这些诗当时被我塞进玻璃瓶中,封好口,一个个埋到地下。"1975年,当《石头的时间》在希腊出版时,里索斯在诗集之前的《告读者》中这样写道:"到了1950年7月,我才把它们重新挖了出来。"里索斯对诗集创作背景的这段解释,让我想起二战时期奥斯维辛的集中营,在那里也有一些囚徒,把自己匆匆写成的见证埋到地下。想起华沙隔离区的犹太人,他们日复一日记录的"档案",以类似的方式,得到部分保存。想起阿赫玛托娃,1940年她在列宁格勒,用一个晚上,把自己的《安魂曲》念给丽蒂亚·茹可夫斯卡娅,让她逐字逐句地背诵下来,然后烧毁那些潦草地写着诗句的纸。

在监禁和迫害中偷偷写下的诗,被埋到地下。见证者这样做时,怀抱着什么样的希望?如果说这种行为表现出某种信任,那么他到底信任什么,信任谁? 当时,他自身朝不保夕,这些"投入土里的瓶子",也许会永远埋在那里,无人读到。

作为见证者的诗人有时有一种特殊的能力,可以把他的眼前之物——土地、石头、雪、夜、水、空气或者某种"在纯黑和不可见的白色之间莫测变化"的元素——,出于偶然或因为无可选择,立地转化成诗性形象的源泉。诗人用自己的句子将环境内化,又以这种内化在环境上留下印记,似乎有一种焦急的目光正要投来,只有依靠这些印记才能找到他。当然,诗人知道这种目光并不存在,也不可能存在,然而他仍然感觉着它,或者说创造着它。

以诗见证? 在很多情况下,这意味着要替别人——熟识或陌生的许多别人——讲述,说出他们没有说出的话。诗人把自己的声音借给"我们",一群完全被控制、凌辱和践踏的人。《石头的时间》中有一首《时间》,这样写道:

> 在我们的后背,夕阳流火。
>
> 晚点名,七时
> 夕阳照在看守班副的脸上
> 夕阳照在囚犯们光秃秃的头顶
> 更下边,是海

马科洛尼索斯第四营
十二个"笼子"
一万号人
夕阳

我们每个人都肩扛着
十二小时石头的劳累
十二小时太阳的焦渴
多年的苦痛
一生的判决
还有这小小的背包
磨出的线头被夕阳染红

　　夕阳，夜晚……囚犯们像是即将消解于其中。里索斯笔下的黑暗，有一种多么强大的吞噬力："在底部，在下边，那沉默的黑暗。"这似乎是一个漫漫无涯的长夜，不会被任何东西打断或代替。然而，有时会突然响起一阵叫喊，一片喧哗，就像在赛纳基斯的《夜》中发生的那样。

　　里索斯的某些诗，比如《石头的时间》中的《然而》，猛然从群像的语境中脱离，将焦点聚集于两三个人身上。而这两三人，当时没有任何人注意他们，——除了看守。

有时，当夜晚降临
小熊星把它的灯笼挂在帐篷口上
用爪尖在干燥的地上挖一条浅浅的沟
裴特洛斯、瓦西里斯或者安多尼斯老爹
就把他们的小背包拿过来，找杯找勺
手伸进去摸索，摸着摸着，就忘在那里
空气在他们周围弯曲，凝结如陶罐中的油
而沉默成形，像一只不再流水的水车

这些囚犯被所有人，甚至被他们自己忘记了。当他们的亲人不再惦念他们，当人对人最基本的支持不复存在，当他们对自己的顾念也随之消散乌有，诗却悄然来临，凝视着他们。它以一种简约的温柔，沿着这些被遗弃者的摸索的手，塑造出空气渐渐静止的曲线，让我们听到存在于"那里"的沉默，听到它的蜿蜒和变化。

我们知道或者能够猜测到：历史上曾有许多政权决定过、组织过大规模屠杀，灭绝他们指定的整整一类人。但是，直到近代，这样的灭绝事件几乎无迹可寻，历史资料少之又少，而受害者没有机会让自己的声音流传开来。时至 20 世纪，由于知识和信息在民众中的普及，某些被历史吞没或险遭此厄的人，得以将自己的经历讲述和书写出来。这种变化首先发生在欧洲,而第一次世界大战是一个重要契机。战士们的日记,他们写给亲友们的信,日复一日地见证着战争中的残酷和荒谬。而得利于新闻报刊的发达,这些见证有一部分进入公共领域,为公众所熟知。其中具有明显文学价值的篇什,构成一种新型的作品。

书信:马科洛尼索斯的囚犯们留下的诗,有好几首采用了这个形式。美内拉奥斯·路德米斯(Menalaos Loudemis)的一首诗这样写道:"我很好,我的小妈妈,我的太阳……/我得快点告诉你:我很好,你别惦念。"很快,诗人意识到他的文字不会成为一封真正的信,因为收信人永远也收不到它:"今天,我写到第一千封。可是我知道/好久以来你已没有我的任何消息。"在里索斯的《时间》一诗中,接近中间的一段,作者也采用写信的口吻,忽然转向自己的母亲:"啊,母亲,我们的日子何其艰难!"

《寄约里奥-居里》的情况完全不同。它一开始就毫不掩饰地指出,自己是一种"传语",在替上万名囚徒说话,因为他们的声音无法被别人听到。"约里奥,在这封信后有许多人想签上名字/但他们不会写字"。这封信里的一字一句,都是"公开的"。以一种豁然敞开的声音,它们拍打着世界,拍打着政治与诗的一切空间和潮流。

约里奥-居里……1949年,《我选择了自由》的作者维克多·克拉甫申科(Victor Kravchenko)对《法国文学》杂志提出起诉,因为杂志的编委化名"希姆·托马斯"发表了一篇文章,对克拉甫申科的书大肆讽刺和攻击,说其中关于苏联劳动营的描述,纯属无中生有,造谣捏造。在这场著名的诉讼中,约里奥-居里站在了《法国文学》一边,出庭作证,声言劳动营在苏联根本不存在。当时,世界政局复杂而混乱,冷战已经开始,朝鲜战争即将爆发,公众舆论受着政治权力的操纵,难以分辨是非:一边是斯大林的铁腕和狞笑,一边是支持所有反共独裁政府的英国与美国,双方都在高唱和平,摇旗呐喊。处于中间或边缘的人们,不知何去何从。

在这样的年代,里索斯是如何把持自己,为他的诗和政治理想找到一个归宿?特别是,在接下去的几十年中,他又是怎样将这种把持作为一个操守,贯彻始终?对这样一位诗人做出近切的传记调查,将是极有意义的。单从文本的角度看,里索斯虽然是坚定的共产主义者,但当时苏联精确计算、大力推广的政治语录,对他的思想和语言影响甚微。它没有使诗人丧失嘲讽的锋芒,也没有使他远离对黑暗的注视,对"无名"写作状态的执着。在《个人情况》一诗中,起首一节似乎在写诗人的荣誉,这荣誉已让他世界闻名:

他刚躺下,就被他们从破床上拖起来

换上光明璀璨的衣装，——肩章、背带、金色流苏
头上那顶煌煌的冠冕，到底是月桂、橄榄枝，
还是常青藤？他也不知道

然而很快，诗进入一种自我嘲弄的语境，其中又不乏
温情：

他悬在空中了
不知所以，几乎开始自得其乐
他试探着，想要踩到地板
可是右脚露出了大脚趾
刚才，他们那么忙乱，忘了换这只袜子
现在，袜子上的洞，咧嘴笑着
就是它，这个洞，使他还能思考
还能是这世上的一个陌生人

*

里索斯作为诗人虽然名满天下，却仍然没有逃脱重遭监
禁的厄运。1967 年 4 月，希腊极右翼军人发动政变，推翻当
时执政的温和派右翼政府，废黜国王，建立"上校独裁"。年近
六旬的里索斯旋即再次被捕，流放到海岛，先后经历了伊亚罗

斯、莱罗斯和萨摩斯三个苦役营。在这段羁禁期间,里索斯写下了众多优秀诗篇,并在每一篇后边都注明写作日期。这些诗后来集成一集,由帕斯卡·内弗(Pascal Neveu)译成法语在巴黎出版,题目为《石头·重复·栅栏》。艰难苦恨之中一首首、一天天写下的这些诗,具有一种夺人心魄的力量。

给一首或一组诗标注写作日期,这当然不是里索斯的发明。对一个诗人来说,这样的标注常常代表他的一种态度,对他所处的历史,也对诗的意义本身。比如雨果的《静观集》,诗集骨架就是各首诗后标注的一系列日期;如果不明了这些日期同法国历史、同诗人生活的关系,就不能透彻地理解这本诗集。与里索斯关系更切近的例子,可以举出奥西普·曼德尔施塔姆,他的一首诗的题目就是《1924 年 1 月 1 日》。而保罗·策兰,他认为诗的日期标志着诗的"到来",是感觉它、思考它的重要依据;只有通过日期,诗人才能追溯诗的源泉,把握它发出冲击力的角度。

在《石头·重复·栅栏》中,不仅每首诗的写作日期都被郑重地标出,它的写作地点也同样得到一丝不苟的记录。日期不断地更新,而地点却总在重复。几个黯淡无光的名字,在灰色中刮削,在黑暗中蹉跎,暗示着犯人们的隔绝和无力。它们总是令人回忆起"石头的时间"——一个被迫固定于一点的时间,近二十年前诗人曾在马科洛尼索斯岛经历过它。

在《石头的时间》和《石头·重复·栅栏》中,一个重要的主题是政治控制下人与人的关系:看守与犯人的关系,犯人之间的关系。这种关系经常通过对空间本身的书写透露出来。而在见证者里索斯的空间中,最重要的元素就是石头。诗人最细微的感觉,最深刻的思想,总是紧贴着布满荒岛的石头进行:

> 只有石头,这么多的石头
> 可是,约里奥,就是在石头上
> 我们倾听着

*

在《栅栏》这一组诗中,政治恐怖射出的寒光,有时染上一种魔幻色彩。比如 1969 年 1 月 29 日写于萨摩斯的《无论如何》,有一段是:

> 他们挤在楼上一间小屋中。谁也不
> 说话,谁也不哭。最高大的看守提着灯
> 其他人耸动枪管,让他们从这个阳台
> 跳到对面大楼的阳台,距离不算太远

一个噩梦？还是真实的事件？

> 下边
> 石头道隐约可见，幽深如一口水井
> 煤窖里绿色的灯泡和肉铺的橱窗把它照得
> 微微闪亮。他们跳出去了，一个接一个，坠落声
> 在下边响起来。等到全都跳完，看守们就脱去鞋
> 脱去袜子，伸出两块木板，搭到对面的阳台上
> 走过去，提着灯

这首诗中最后一个形象是诗人"眼见之物"：一个非常真实的细节，它从身体的层次，写看守们的整洁与健壮，反衬出诗集中屡次提到的犯人们的衰弱。然而，这个细节"细"到极致，反而膨大起来，也开始像噩梦中那样幽光闪烁：

> 他们的脚
> 宽阔、美好、明亮、清洁
> 他们的脚趾甲闪闪发光

片刻之前目睹的场景？蓦然重现的遥远回忆？苦痛难捱之夜的一个梦？里索斯的诗，总是将一种"显然"抛掷在我们

面前,抖开于我们的想象中。然而每一次,这个"显然"又总是复杂的,难以捉摸地运动着。

1961 年 2 月 5 日写下的《搜查》,大概源于一个真实的回忆。在诗人还享有"自由"的年代,他的住所突如其来地遭到警察的搜查:

> 先生们,有请吧! ——他说。
> 没关系,要搜就搜个遍,
> 我没什么东西好隐藏。

同一天写下的《梦寐的重组》却完全是另一番情境。它首先将一组梦一样的视觉形象,兀然展现于读者眼前:

> 夜里,大块的墙皮从天花板纷纷下落,床上
> 已没一块干净地方可以容身。镜子也打碎。
> 走廊里石膏塑像裹了一层煤灰。再也别想
> 同她做爱,连碰一碰她都不行,——黑色的指纹
> 在她的大腿、膝盖、嘴唇和掌心上,爬来爬去。

在这样一个总体的情境下,诗中写到的那些"平常"的细节,也忽地变得诡异无比,抓住读者的注意力牢牢不放:

好几个月了，

他们切断了水、电话、电。在厨房里，大理石桌面上，

几个烟屁股旁边，腐烂着两颗硕大无比的生菜。

这些诗句特有的梦幻的力量，首先来自诗人奇崛的表述
方式。好比是一个本来睡着的人，突然醒转来，高声说出一段
话，让坐在他周围言谈的人——也许就是我们这些今日的读
者，正在用滔滔不绝的词语编织生活——惊诧不已，然后又戛
然而止，俯首返回梦中。他说的话，比任何别的话语都更确切
无疑，然而又让人——特别是让那些"评论者"——无法承受。
它们一闪而过，似乎并未发生，把我们这些自以为始终清醒的
人，留在一片茫然中，目瞪口呆。

*

在《石头·重复·栅栏》中，并不是每首诗都在写囚禁的
情况：诗的创作倘若完全被"眼前之景"所束缚，这在里索斯看
来大概是一种失败。诗的存在本身，已经是一种秘密的抗争。
即便诗的内容与囚禁无关，诗的形式却总在破坏着囚禁，因为
它创造出各种关系——气息、空虚、神秘、回声——，而关系的
创造正是自由本身。这就是何以条件无论多么艰苦，不利于
诗的写作，里索斯总是竭尽所能写着诗。他要以此维系诗的

133

可能和在场,为他自己,也为别的囚徒。

《重复》一组诗中有几首,一步跨出现实的樊笼之外,神游于希腊的古代历史。这历史是如此悠远伟大,焕发着熟悉而又神秘的光彩:古老的神话和传说,灵光闪耀的许多名字,神一样的一个个雕塑……这一切与现代的希腊多么不同!

在这些诗里,被政治暴力摧折、捣碎的"我们",一瞬间恢复于诗人笔下,重新整合为一个人称。这个重获的人称,是继承自先代,是那奠基于神话的古老群体的遗存吗?这个想法美好而慰藉人心,但它大概只是一个幻觉,里索斯意识到这一点,注意不让自己的诗朝这个方向倾滑。1968 年 3 月 31 日创作于莱罗斯岛的一首诗这样写道:

> 等灯亮起来,我们就返回屋子,求助于神话,开始寻找
> 某些深刻的关联,遥远而普世皆准的对等。想用它们
> 缓解我们每人身上狭窄的空虚。可是,什么也没找到。
> 连珀耳塞福涅和石榴,在我们看来也一样贫乏无味,
> 因为夜正在沉重地降临,因为缺失在这里是绝对的。

另一首诗《赫拉克利特与我们》,首先回顾了神话英雄的荣光:

伟大而显赫,这位大神的苗裔,曾有多少位导师!
高年的利诺斯,阿波罗之子,教会他阅读和书写;
厄里托斯,欧沙利亚的君主,传授他弓箭的技艺;
厄摩波斯,斐拉蒙的儿子,指导他歌唱,弹奏竖琴。

然而对"我们"来说,这些神话已可望不可即,不能作为源泉,给予任何帮助:

我们惟一的文凭上写着三个字:莱罗斯,
伊亚罗斯,马科洛尼索斯。无论我们的诗
多么拙劣,请你不要忘记它们怎样写出:
看守紧盯着我们,刺刀逼着我们的肋骨。

＊

作为见证者的里索斯,写出一种残酷的"此时",并用自己强劲而微妙的语言,使这个"此时"始终保持"现在",即便当诗句是用过去时写成时,也仍然如此。他的诗是一个手势,在反抗,反抗政治权力对无辜者不留痕迹的迫害与毁灭;同时也在召唤,召唤一种注视和倾听。这种注视和倾听,固然可以理解为里索斯的诗向往达成的效果,而且实际上这效果也确实达成了:这些诗打动了20世纪一批最著名的诗人和艺术家,使他们关注诗人里索斯，关注和他一起被关押在海岛上的政治犯，呼吁世界舆论，抗议和制约希腊政府的暴行。然而，里索斯用诗召唤着的注视和倾听，其实已经寓于诗的自身，被诗的构造本身设置并且预现出来。与诗的"实效"相比，它们总是更遥远，又更近切。更近切，因为诗中的每一笔，都是质朴地写在一种柔韧而沉默的载体之上，这个载体简而言之就是一个"你"，诗造成的你。更遥远，因为它从未实现也不可能实现，只是作为一个诺言，穿越所有未来，运动于一种不确定、无限度的悬置当中。

撕开世界的平乏

——关于于坚的未定笔记

> "我不知道有什么更好的世界。"
>
> ——英格博格·巴赫曼

暂时的　一切都是暂时的　座位是暂时的时间是暂时的
这个航班是暂时的　这个邻座是暂时的
上帝是暂时的　单位是暂时的　职业是暂时的
妻子和丈夫是暂时的　时代是暂时的　活着是暂时的

　　这些诗句出现在于坚的长诗《飞行》中,接近中间的一段里。

　　"暂时",在这里是作为揭露的对象而被写到吗?对所有现代人都在经历的这种灼人的不定与滑脱,这首诗是否尝试做出一次抵抗？

《飞行》中可以读到许多引用,比如但丁的句子。艾略特十分著名的《荒原》,也多处被引到。我们知道,艾略特雄大的语言力度,继承自整整一个诗歌与宗教的传统,它对中国和日本诗歌的现代走向,产生过深远巨烈的影响。艾略特所展示的现代世界,与当年波德莱尔发现的那一个,同样是荒凉不毛之地,——在波德莱尔笔下,现代城市被形容为"人的大漠"。而在这样一种展示的内里,其实包含着某种末世学的指向,某种宗教的引导,某种对升华性终结的顽念一般扬之不去的期冀。

于坚的诗又怎样呢？

读《飞行》时,读者也许有理由认为:他确实听到一种揭露的口风,鞭挞着我们这个时代的疯狂:

还有更好在前面　更好的位子　更好的伙食
众所周知　更好的日子　更好的家　都在前面
"焦虑的羽毛　为了投奔天空　拍卖了旧巢"

一切都在前面　马不停蹄的时间中
是否有完整的形式　抱一而终？
是否还有什么坚持着原在　树根　石头　河流　古董？

大地上是否还容忍那些一成不变的事物？

过时的活法　开始就是结束

　　然而，于坚的诗所探求并执着不放的，却也正是"现在"，即便它构成浮躁与"临时"的核心。在一次访谈中，于坚说："我觉得根本的东西是我们现在的生活，在这个生活中有天堂存在。[……]生活不在别处，它就在我们的手中，我们今天正在过着它。我们只有生活，而生活只有一个。"

　　"现在"要求被言说，同时又总在变动不居之中。正是它不断灼烧的变迁，激发起诗人言说的愿望。对于坚来说，现在唯有在"飞行"之中才能被捕捉。而除此现在之外，别无其他。

　　所以，面对这个永远发生于当代的不定和滑脱，于坚的写作态度，就显然不能简单地归结为抵抗之心。达到某一持久甚至永恒的本质，或者重构乃至发明它，这样的追求，在这位中国诗人眼里，似乎无足轻重。于坚的诗是一个颤动的过程。它以澎湃激越的重复句法，不断重新规定着、推动着它自己的轨线。在这里，诗的主题——一次乘机飞行的过程——可以说是诗本身的一个隐喻。马拉美谈到《X商籁》时，曾说这首诗以它包含的形、镜、窗和长夜的渺漠，自身隐喻着自身。这种说法在于坚这里同样适用。

＊

　　于坚的两首辉煌的诗——每一首都足以构成一本书——《飞行》和《零档案》，由李金佳和塞巴斯蒂安·维戈翻译成法语①。

　　两首诗各自围绕一个特定的主题展开：前一首是一次飞机旅程；后一首则是对一份秘密档案的缓慢细致的解读，这个档案被设定为实际存在着，禁藏于某处，记录着某人生活的全部情况。

　　然而，这两首诗的主题定向，都只是它们展开机制的一个侧面。另外还有某种东西，不断地呼唤、支持、引领着主题的生发。这种东西是什么，我难以表述。大概可以说，它是某种动作，一切无法原地不动的人或物，都必会采取它。是"现在"的盈溢或亏缺。是一个滑动的结，纽结着各种能量。是某种烫伤，燎灼着存在本身，让它沸然而起又倏忽而退。是自我——连同它的所有"表象"，所有向它涌来的梦幻泡影(浮动的意念或点状的回忆，目之所见或耳之所闻，模糊的色情的想入非非，每个人都无法规避的一切，种种人皆有之的私

_____

　　① 两篇译文首先发表在法国《诗＆歌》杂志 2003 年第 105 期和 2007 年第 120 期。后又分别于 2005 年和 2009 年由巴黎中国蓝出版社和伽利玛出版社出版了单行本。(注释皆为作者原注)

140

密)——陷于自我之中，像陷于一场连续的火。是一种最寻常又最难以捕捉的直白，"现在"的直白，而拥有这个"现在"的我，正不断地自我毁灭着。

于坚长诗的力量，也许源于这样一个特征：它们一方面对可以指认的各种真实，做贴切的主题式书写；一方面又把自己嫁接于一个更根本的"这"之上，这个"这"使人得以存活，而它滑行于可以言说物之下，或者之间，使人无法用语言表征它。

　　我们靠这　　　仅仅靠这而活着
　　可是我们的讣告从不提起它

艾略特的这两句诗，被于坚引用并归化到《飞行》中。它们道出的这个"这"，以一种单纯得令人盲目的方式，构成我们生活的依靠，坚强地支持着对我们来说性命攸关的那些东西。无论我们身边发生什么，它总能重新激起我们生存的欲望。而这个"这"，它是不能靠某个句子书写出来的。或者说，任何决定性的语句，比如讣告，都无法框范它。在我们的生命中，"这"从一个时刻不断滑向另一个时刻。也许，以某种传承，以一生中结下的各种联系，或单单以接近，它也从一个生命不断滑向另一个生命。

＊

　　《飞行》和《零档案》规模宏阔，然而它们借以腾越而起的，
又都是一个非常简单的动作。这是两首炮弹一样的诗，它们
的行进这样迅猛，似乎要一闪而过。在它们各自的运动中，有
一种"显然如此"在光芒闪耀。不过，它们又决不是那种可用
一言以蔽之的作品。它们只是凭借各自的冲力，自我支持着，
就像一个抛射物，或者一架飞机。

　　这样一种特征，使它们与别的"行进式"的诗歌作品，可以
相提并论。在亨利·米肖的诗中，同样的情形有时可见，但更
多地发生在被人们认为是"精神内部"的空间中。日本诗人吉
增冈造的作品，也追求这种能够穿透世界的劲道；或者不如
说，他的诗召唤并叠合许多个世界，以便像一只射出的箭，一
举刺破它们。

　　"行进式"的作品，在 20 世纪上半期，开始出现于音乐、诗
歌和造型艺术领域。它们不是单单表现一种"动作"或"运
动"，而是凭借自己的冲力、轨迹、在空中的划痕，本身成为这
一动作，这一运动。在每一个作品中，都有势不可挡的能量，
喷薄而出；然而又以这种喷薄，使空、使支持的阙如、坠落的危
险，空前地暴露在我们面前。这样的作品，可以举出巴托克的
《弦乐、打击乐和钢片琴曲》，曼德尔施塔姆的《无论谁发现马

蹄铁》和布朗库西的雕塑。

＊

随着《零档案》文本的行进,也可以说在这种行进之上,一本秘密档案渐渐成形,就像诗的题目带着几分反讽所标示的那样。这本档案记录着某人的一生,涉及他生活的所有侧面。

读者,比如说法国的读者,大概会立刻认定:这首诗所写的,是典型的只能发生在中国的事情。他的遥远的目光,无法使他看到,从权力对个人的控制关系来看,《零档案》其实十分切近而实际地牵连到他。

这种远距离的错觉,在读《飞行》时不会发生。即使是一位对中国十分陌生的法国读者,也知道这首诗和他有关。地域限定在这首诗里被拔出了,取而代之的是一种讽喻现实主义的语境。在作者不无自嘲的笔下,飞机本身作为技术手段所实现着的欲望,正是脱离所有固定地点和地域时间。

在机舱中我是天空的核心　在金属掩护下我是自由的意志

一日千里　我已经越过了阴历和太阳历　越过日晷和瑞士表

相比之下，《零档案》诚然可以说是一首呈现中国的诗：一个巨块状的中国，它的核心是官僚机构对个人的无所不在的控制。这种控制瞄定的目标是全部，这个目标不可能实现，控制其实总是作用在某一局部，然而它的危险并不因此而有丝毫减弱。而于坚的诗，以一种近于戏剧化的方式，同这种控制展开游戏。他把它转化为想象的对象，亦真亦幻地呈现在自己的诗句中。

现代社会组织起种种庞大的监控体系（官僚机构、警察、军队、集中营或劳动营、政治组织），试图将个人推置于萎弱无能的境地。面对这些监控体系，诗的自由使诗人看到：这些自称必然、规律、潮流的体系中，其实有一部分是想象的产物。诗人立刻抓住这一部分，以一种变本加厉的游戏，将它推到极致和荒谬。这样一种写作精神，让人想起卡夫卡的《审判》，虽然它使用的表现手段完全不同。卡内蒂说过，卡夫卡是一个"中国作家"。这种说法固然自有道理，可是卡夫卡的作品，毕竟是产生于另一个世界，并且始终指向它。不过，诗的力量，不也正在于它能超越语言、地域、行政和政治的种种界限吗？这种力量，并非来自某种普遍化：诗不是在归拢特殊，把它们矫置于一个高高在上的大同里。它是把各种异质、纷繁而又息息相关的情境，一起拨动，让它们共同振响。它为我们立地激活的，是一种完整的时空感觉。这种时空感觉通过历史时间和地理延展而实现,同时又穿越了它们。

*

《零档案》与行政控制进行的游戏,必须通过细节,或者说通过这首诗的构成本身,才能体会。

《卷四　日常生活》包含着一篇《5 思想汇报》,——这种包含,令人想起甚至看到一个个抽屉、纸箱、本夹。汇报的内容,真的是行政机构以一种令人悚然的全知全能,实际掌握的情况吗?或者,它是那个被称为"零"的人本身,通过某种扭转和颠倒,想象出行政机构掌握的他的念头,并进而从这种想象出发大加发挥?

这篇思想汇报之后,是《6 一组隐藏在阴暗思想中的动词》。这个小标题本身已是多么暧昧!它所揭示的,是个人的最后一个隐身之所,闭藏着那些充满内在暴力、谁也无法看破的秘密?或者只是这个秘密的一种表述而已,遵循着行政或警察机构的术语?

　　　　砸烂　勃起　插入　收拾　陷害　诬告　落井下石
　　　　干　搞　整　声嘶力竭　捣毁　揭发
　　　　打倒　枪决　踏上一只铁脚　冲啊　上啊

145

这些没有主语的不定式动词,带有祈使甚至命令的口风,急促地喘息着一贯而下。它们令我想起韩国诗人黄芝雨的一首诗。那首诗题为《动词》,所写的事情,——它以诗特有的"当下"蛮横地促使其重新发生的事情——,是 1980 年光州事件之后,作者在军管专制之下遭受的监禁和酷刑。

*

以十分不同的方式,《零档案》和《飞行》都在以各自的"平乏",抵消着所有"高远"。《零档案》中蕴藏的非凡的政治智慧,以如此一种充满反讽的风格写出,以至于它不会构成任何"超越",即便单从政治角度说也是如此。这种对"超越"的拒绝,在《飞行》中,在它给出的广泛意义上的世界空间里,也同样鲜明可见。诗中的天空,它在被飞机刺穿的同时,也就丧失了神性,听凭简单的技术力量挤压着,变成一种"平乏"。它不再有任何"高远",任由乘客踩在脚下。

　　现在　　脚底板踩在一万英尺的高处

合而观之,《零档案》和《飞行》所冲腾其中的世界,它们遵照各自的冲力、喷溅着表现出来的世界,是一个等级与区分正在瓦解的世界,而正是这些等级与区分,曾以其假定拥有的象

146

征价值,长久地规定和引导着人。"宇宙"这样的传统观念,它的象征价值,无论多么纷纭错杂、莫衷一是,然而在以往的时代,总还能使一种普遍的世界秩序,浸透到个人的命运中。在当代,宇宙的这些象征价值,哪一条还有些许保留?今天,谁还肯相信所谓人类时间的总体方向,无论这方向出自基督教神学,还是历史哲学的术语——从席勒的"世界的历史是世界的法庭"到马克思的历史进步观?

然而,在于坚1983年写作的《河流》中,童年时代所经历的世界,还仍然具有强烈的地域界定,充满各种近乎神圣的价值、许多熟悉而又神秘的力。这首诗长一页,开头和结尾分别是下面几句诗:

> 在我故乡的高山中有许多河流
>
> 它们在很深的峡谷中流过
>
> 它们很少看见天空
>
> (……)
>
> 住在河两岸的人
>
> 也许永远都不会见面
>
> 但你走到我故乡的任何一个地方
>
> 都会听见人们谈论这些河
>
> 就像谈到他们的上帝

在《飞行》的某些段落中,也同样洋溢着对童年世界的乡愁。这个世界是"落后"的,然而却曾经是——或者对那一双正向生活睁开的眼睛来说,应该是——一片乐土,在那里人与天与山峦与动物与神,同生共居,相知相睦:

吾高阳之苗裔兮　吾老杜之高足
一九五四年八月八日的早晨我出生于中国的云南省
一片落后于新社会的高原　在那里时间是群兽们松
软的腹部
是一个孵老在天空中的剥了皮的蛋黄　在那里
人和神毗邻而居　老气横秋的地主　它的真理四海
皆准

物、人与神的分别,在这里被统摄于一种强烈的、震颤的毗邻状态中。这样一种状态,既是经历又是梦幻,它正在远离诗人而去,或者根本已经消解。对于它,《飞行》是以一种缓慢而深情的笔调,几次写到的。

＊

往昔时代对宇宙秩序的表现,在核心处总有某种东西,结构着每个人的生存,同时也结构着他与其他人、与所有存在物的关系。这种具有结构力的东西，在当代消亡了。这个显而易见的事实，复杂而令人迷惑。"平乏"的当代世界，有时会突然显出这样一个面目：人对一切都知道得太多，从而也就与一切都丧失了亲密。

诗的能力，也许在于它能迫使某种当代的基质显示出来，而正是这种基质的作用，使得那些曾经被所有人承认，并且神话性地加以连接的标记与极点、方向与维度，全都解散乌有。米肖的诗，就拥有这种显示基质的能力。马拉美的诗亦然，虽然它的手法与前者迥乎不同。

哲学家克洛德·勒弗尔（Claude Lefort）说过：存在着这样一种能力，它使每个人可以和他人共存，或者在私密的联系中，或者在茫茫人海里。它使每个人可以自我整合，同时又从自我的中心裂变开来。使每个人可以借助某种半透明、平常、难以捕捉的因子，依循着分化本身，关联于他人，关联于他自己。这种能力，不断危险地更新着。它是一个谜，还是一个挑战？对这个问题，任何人都必须做出回答。

诗，不也就是这种神秘的能力吗？

那么，是否可以说：于坚的志向，就是凭借他强大的诗性的"平乏"，呈现当代的人类之谜？这种人类，没有任何超验性、宇宙性的"他者"来作他的参照，在他内部也没有任何根本的分化容使他自我理解。因而，他时刻处在一种难以忍耐的以我对我的绝对孤绝中,遭受折磨。

或许也正是同一个宏伟的志向,促使于坚在写诗的同时,转向别的表现形式,通过非传统的其他介质,来实现他的诗歌意图。

＊

于坚曾写过一篇激烈而瑰丽的文章,叫《由一场戏剧到达彼岸》①,讲的是他与戏剧家牟森的一次合作。文章首先写道:

> 牟森于 1962 年出生于辽宁营口,大学时代,他是一个不及格的学生,"最恨文艺理论"。(……)这个大学才子整日沉溺于戏剧,与一帮充满激情与才气的同学纠集在一起,排演了若干话剧。(……)

接下去一段对《彼岸》现场所作的描述,对法国读者来说是格外引人入胜的。那些被于坚傲笑着称为"中国戏剧历史上'最难看'的动作",不能不令人想起阿尔托和他的"残酷戏剧"。这种借鉴,在于坚笔下被直言不讳地点出。此外,他和

---

① 由李金佳译成法语,发表于法国《戏剧公众》杂志,2004 年第 174 期。

牟森的创作,与波兰戏剧家塔德兹·康托尔(Tadeusz Kantor)的"死亡戏剧",以及更加晚近的刚果艺术家弗斯坦·林耶库拉(Faustin Linyekula)的舞剧,也有明显的相通之处。

一种被推到极点的平乏?于坚以一种名副其实的狂热,这样追记他参与创作的演出:"暴力、混乱、呻吟、诅咒,印满官样文章的报纸被踩踏得一片狼藉,仿佛一个浩劫之后的大垃圾场,仿佛一九四五年某日的广岛。"

在于坚的行文——准确地说是在他记录的当时演出者的话语中,"彼岸"一词重复出现,好像一个挥之不去的顽念。这个"彼岸",指的是哪种非此之境,或非此之境的边缘?它处于什么样的时空和仪向中?演出的舞台本身,已成为一个回归混沌的场地,脱离任何控制:"冰冷抽象的台词、追问和狂热激烈的身体动作交织在一起,使这个现场充满巅覆、矛盾、悖论以及谋杀,盲从、欺骗、争斗。(……)演员和观众都精疲力竭,演员们的身体被汗水洗得闪闪发光,这些黄色的中国身躯从废报纸堆和绳子中挣扎而出重新爬上一个高处。"写到这里,于坚加上一句评论:"整个现场成为一个乌托邦的精神地狱,一个虚无飘渺的彼岸神话,彼岸的道貌岸然被地狱的出场与体验消解得一干二净。"

这些"身躯"在舞台上自我袒露着,彼此混杂甚至交错。对它们来说,彼岸之彼,究竟意味着什么?

                         ＊

  于坚的电影①贯穿着另一种平乏，也许比诗和戏剧更平易近人。《碧色车站》(2003)和《家乡》(2009)带领我们进入中国腹地，把我们的目光引向许多真实的生命。它们为观众敞开的空间，是一个性命攸关的"之间"。正是凭借这个"之间"，各个生命能够彼此联系，相对而生。

  这两部电影属于纪录片，因为它们展示的真实存在的人，活动于日常生活的各个场域中。除了他们自身，这些人不扮演任何角色。如果说影片中仍有某些戏剧性存在，那么这些戏剧性或是因为被拍摄者的特殊行为，一闪而现，比如文艺汇演中那群粗朴地歌唱舞蹈的老太太，还有那场充满教育意义的小品；或是因为在每个人的日常生活中，本身就有某种自我表演的成分，无法也不应剔除。

  摄像镜头的运动，把我们推进人群之中，——这个"我们"当然是假定的，伴随影片的进展而形成——，并使我们与他们

---

  ① 电影中的诗？这不是说向电影里额外加进若干诗歌情绪。在于坚的创作中，电影与诗的亲缘，存在于构造与动作的层面上。他的电影就像他的诗，拥有一种强大的运动不居的结构力，它们在各自所表现或创造的种种关系里，不断地自我追寻着。最近，韩国导演、小说家李沧东把他参映戛纳的新片，大胆地命名为《诗》。在这部电影中，诗既是支柱性的一个主题，又作用于影片的结构本身，作用在它内部的回响和它振颤的暧昧之中。

产生瓜葛。被拍摄的人通常似乎意识不到镜头的存在。有时，他们根本不知道镜头在拍摄，比如《碧色车站》中那位信号员，在他的小调度室里，隔着窗栏杆被于坚拍到。有时，却是直视镜头，直视我们，比如同一部电影中的一位村妇，讪笑着，将信将疑地冲着镜头问："你们来拍这?"她是要告诉甚至告诫我们：这里没有什么好看的东西。有时，是一个孩子惊异的目光。有时，是一个沉默而呆滞的男子，目不转睛地盯着镜头。拍这个男人的镜头延时很长，长到让人无法忍耐。这是于坚电影中最具震撼力的场面之一：一种纯粹状态下的平乏，体现在他的似乎毫无期待的目光中。

于坚电影进展的缓慢在这里是难以描述的。与于坚的诗一样，这种缓慢的进展到底要将什么"主题化"，我们只有通过近切的勾画，才能有所体察。

在法国观众眼中，《碧色车站》给人一种特别的似曾相识之感。这部电影的意图，——我们暂且以"意图"一词概括这部电影的精神——，是要在中国云南一个小火车站上，追寻半个多世纪前法国人留下的痕迹。那条铁道由法国人主持修成，以便将他们在中国西南的势力范围，与印度支那的殖民地连成一体。在影片中，法国观众会蓦然看到一个法国式的火车站，站台上的老吊钟，用法语镌刻着"巴黎"和"伽尼埃"字样。然而法国人在此活动的遗迹，绝大部分已随着时间的流逝,因人的行为或自然力而化为乌有。就连那个曾经魔力无比的火车头,也早已变成一个憨态可掬的铁疙瘩,生满红锈,任由孩子们在上面攀爬玩耍。

于坚以这种方式,反思着人类的控制意图。这种意图强大而凶横,被一些人施加于另一些人身上,重新规定着他们的时间和空间。通过政治和技术的手段,人总是在希图并建立各种强大的组织,而这种希图和建立,构成人的历史。像《零档案》一样,《碧色车站》也是通过作品的构成本身,探究、敲击、挑战着人的组织,并使它振响于一种凄凉的暮色里。

*

纪录片的平乏?《故乡》开头的一个段落,把它很精粹地体现出来。

那一段拍的是一次重新落葬,连同与之相关的一应礼仪。影片提供很多细节,不厌其详地表现种种或平常或古怪的器具,还有人的动作,细琐的准备工作,大大小小的仪式。正是这些看似琐屑的事物,维系着人和他自己、和他人、和死者的关系。的确,生者对死者的态度和行为,总是为生者之间的关系提供着某种保障。它们看似没有用处,却一刻不可或缺。在我们的要求或容忍之下,它们围绕我们旋转周行,就像一圈半是实物半是精神的陨石带。唐纳德・温尼柯特(Donald

Winnicott)在分析人和世界的关系时,讲到一种"过渡性物品"。而老年的叶芝,在劳乏与气馁中回顾他在诗中所塑造的种种人形时,把它们称为"马戏团的动物",认为它们虽然荒唐而渺不足道,却容使自己为后世做出了工作。这两种说法,讲的不也正是这些无用而有用的东西吗?于坚自己的纪录片,也同样可以这么定义。为了祭奠死者,一小队送葬的人抬着红纸包裹的祭品,走进一片模糊的空地,停下来,开始点火。日色已似黄昏,背景是灰暗呆板的住宅楼。火焰腾起,笼住各种祭品,熊熊地烧着。这是向"另一个世界"的输送吗?在这样一个地点,谁真能相信这种输送?以怎样的虔诚?出于哪一种缕缕不绝的传统,或者只是出于迷信者的畏惧?送葬的人开始一一离去,残火即将熄灭。走在最后的一个男人点燃一根鞭炮,向天上抛去。生者对死者的一种表示?对那些仍稍稍被假想为浮留空中的死者?观众的目光继续停留在空地上,现在这里只有无数红色的残片。人们走远了。摄像镜头独自留在原地。它已不再摄取任何生活。

诗 与 痕 迹

——第一届西南联大文学节上的演讲

美国诗人华莱士·斯蒂文斯说过,诗就像是在深夜冰封的雪地上,一只猫走过时发出的足音。这是描述诗的一个根底性的意象,混合着视觉与听觉。它让我想起德彪西的钢琴前奏曲《雪地上的脚印》。那是一段极为简约的音乐,紧贴着沉默前进,每一个音符都在标志向前跨出的一步,在节奏的驱使下,行进于黑夜里一片苍茫而寒冷的雪地中。

读诗,倾听一个可以被视为诗的句子,不就是感觉语言的各种特征是如何借助言说,在某一片雪地、某一个平面上,留下不可抹去的痕迹吗?诗的痕迹赖以生成的这个平面,或者说介质,非常特殊:它具有很强的韧性,既支撑着痕迹,又抗拒着它们,构成诗歌生成的一个不可或缺的条件。语言的各种成分,原本处于一种冷漠的惰性之中。而诗,诗留下痕迹的过程,使它们豁然活跃起来,全都变得同样重要,像步子那样可以一个个计数,而不再只是一种潜在之物,一片等着人穿行而过的空场。

语言借助诗成为活生生的现实。这种实现尽可以无比精致,它到底只是顺着语言的固有倾向而进行。在诗中,语言总是仍旧保有某种变动的可能,即便这种可能性因诗的完成而变得轻微;总是仍旧处于悬而未决之中,这种悬疑不宜觉察,然而却是决定性的。语言并不因进入诗而变得安稳。相反,它不停地震颤着,无法自我规定,就像贾科梅蒂素描中的那些线条。

承认语言在诗中保有可能性,就是承认诗有一个"底子",而且非常重要。斯蒂文斯把这个底子想象为一层包着冰壳儿的雪。的确,诗的介质在诗的深处延展着,它可见可闻,具有韧性,容使诗的痕迹一步步刻印于其上。时间——诗句排列的先后次序,空间——诗歌行为的瞬时开拓,交会于这种介质之上,并因它的韧性而互相促发成为真实。诗的介质抵抗着诗,诗人只有凭借重力的压迫,才能使这种抵抗一点点减弱,成为他所希望得到的那种支撑。诗人每一次都能确信自己在写一首诗吗?他只是感到自己正把一些印记留在一个底子之上,这底子排斥着他,因此他必须刻画得尽量有力。

诗与诗的介质之间进行的这场较量,以一种局部然而强烈的形式,将时间和空间调动起来。是否可以说,诗因此蓦然置身于一种最广泛意义上的时空延展之中?瓦雷里讲到他初读马拉美的《骰子掷出并不能废除偶然》,为诗中的时空感而心醉神迷:"在这里,真个是空间在说话,在遐想,不断地为时间制造一个个形态。"在《骰子掷出》和其他现代的诗歌杰作中,时间与空间猛然灌入,骀荡于诗的介质之上,嚣然地彼此冲动加强。这个特征,大概与现代整体的历史变迁有关。历史变迁超越诗,构成诗发生发展的背景。然而,它又总能进入诗,渊沉于其中,因诗内在的张力而获得密度。

两个世纪以来,在世界的许多地方,诗都以它自己的方式经历着人类的总的历史。许多来源久远的传统被抛弃,许多公认的形式和仪式被搁置,而正是它们,曾在漫长的时代保证了诗的社会性,使诗人得以相互接近,彼此衡量。马拉美在《诗句的危机》中,将自由体诗的诞生归因于现代特有的个人主义:"从此任何人,凭借他个人的技巧和听觉,都可以自我构成一架乐器。"在马拉美自己的诗中,其实只有一首《骰子掷出》放弃了"百代相传的伟大风琴",转而进行自由体的创作。的确,现代个人主义的内涵,不仅是个人的奇思异想,更还有一种弥漫宇宙的孤独。

自由体诗使诗丧失了原先那种公认的、一眼即可识别的形式。从此,每一首诗都必须一步步地独自探索,以一种总在更新的赤裸,建立自身的特征,并使它们成为一种必然。诗的特征不再遵从任何事先规定的模式。而与此相应,诗的介质变得陡然重要起来,因为是它,只是它,使每首诗的特征成其为特征,使雪地中穿行的猫的脚步,能够一次次轻轻落下,发出细切的声响。在传统诗歌的写作中,诗句周围的空白只是一个消极的陪衬,留在那里以便剪映出诗句的姿态,比如说一首商籁。而在现代诗中,空白活跃起来,变成一种动力,冲进诗本身。作为一种气息,它总是与书写的气息相吹相薄,有时承受后者,有时又把它旋抛到半空,甚至永远地打断。

诗与围绕诗的空白之间的关系,可以通过阅读保罗·策兰的诗来理解。在策兰的诗中,词语的每个动作都立刻受到抵抗,言语的每一次发出都立刻激起一股回荡,将它拦腰斩断。沉默总在运动着,冲击、驳回每一个诗句,并把下一句里即将成形的话语按压下去。诗总在重新开始,继续尝试;然而,词语的核心其实早已破碎了。

策兰诗的字里行间,总是让读者感受到历史的断裂。纳粹德国对欧洲犹太人的屠杀,构成这些诗一个永远的背景。诗句的稀薄制造出一种缺失的效果:本该在的人不在了。这种稀薄感并非单单来自表达的省略,它其实是一种顽固的追求,它要把某种最根本、最性命攸关的东西,通过词语的脆弱组合,重新创造出来。

在 1963 年出版的诗集《无人的玫瑰》中,有一首叫作《苏黎世,白鹳》,题献给内莉·萨克斯。白鹳是苏黎世一家旅馆的名字,1960 年策兰曾在那里与萨克斯相遇。同他一样,萨克斯在二战时也曾饱受纳粹迫害,家破人亡。诗很短,最后几句是:

> 可我们
> 不知道,你知道吗
> 可我们
> 不知道
> 什么
> 是重要的

这些随生随止的诗句诉说着一个渴望,一种困难:在生活中,在言说里,怎样分辨出什么是重要的,什么不是? 这种分辨的意义,在那场惨痛的历史浩劫之后,变得格外重要,然而却越发难以达成。策兰的诗,让音节和空白互相碰撞,用呼吸秘密地计数,它以一种不可预计的方式进展着,不遵从任何前定的格律。同时,这首诗也是一篇对话,收尾的这几句是引用,它们出自另一个诗人之口。因而,在作者追求的那种最根本的东西之上,就始终笼罩着某种不确定性:"重要的"东西,可以是一首短诗的构成，一场交谈的进行，也可以是——诗在头几段影射出这一点——某种广大无比之物，比如人与人互相铰接着的生命，比如他们之间永远都被错误地揣度着的重重纠葛。

策兰原籍罗马尼亚，父母在二战期间死于纳粹集中营。二战后他辗转来到法国，在巴黎以教书和翻译为生，用德语从事诗歌创作。1970 年 4 月，他在塞纳河投水自杀。得知他的死讯后，亨利·米肖写过一首悼念的诗，名为《日子，所有日子和日子的终结》。在诗中，米肖把策兰之死比作"风落深渊的一日"。空气，原本是生命和话语的元素，现在却成为一种致命的威胁。水，从柔软的浸润，转而成为凌厉的破坏力，凶猛地斩断诗人的生活和工作。米肖那首诗的最后几句是：

> 我看到僵直不动的人
>
> 躺在平底船里
>
> 出发。
>
> 无论如何总是出发。
>
> 水的漫长的刀子会中止言词。

我的诗人生涯从阅读亨利·米肖开始。50 年代中期，我偶然读到米肖的一本诗选。突然之间，诗在我面前变得真实，像我呼吸着的空气,使我的生活成为可能。当时我十五六岁,住在奥尔良,那是一个阴沉无光的外省城市,还没有从二战的大破坏中完全恢复。法国五六十年代的政治气氛让人窒息。殖民战争一场接一场地打下去,先是印度支那,然后是阿尔及利亚。在那种环境中,一个十几岁的少年,是怎样从他那小小一隅开始关心历史,注意暴力? 怎样憎恨整个政权,认为它充满邪恶? 又怎样厌恶社会,因为在生活的方方面面,都表现出一种奴性,不论从政治还是从道德上说? 现在回想起来,我自己也说不清楚当初我那么愤怒的原因。

1956年出版过一本书,叫《艺术家的变形》,是画家安德烈·马松(André Masson)写的评论集。书中一段话我至今记忆犹新:"我们凹处于一场世界范围的变形之中。如那些身在风暴中心或海上漩流的人一样,我们再也感觉不到空间给人的安全感。"马松的画,一直追求涡卷旋飞的布局效果。而此处他的词语,更是清晰地把这种特殊的时空感表达出来。这是一种政治感觉,也是一种诗的感觉:一场变形,从卡夫卡到卡内蒂许多现代伟大作家都预感到、经验着、书写出的变形,正在我们眼前发生;它触及整个世界,关系到每一个人。

几乎就在马松写下这些句子的同时,我第一次读到米肖的诗,并且被诗中的变形,或者说"变形力",深深地打动了。米肖的诗句显示出这样一种力量,能把读诗、写诗、全身心投入诗的人,从他原本所在的地方,从他被指定的身份里,猛地拔离出来,甩向高处。跟这样的诗你一旦发生关系,就永远处于剧烈的变化之中:你的自我——如果说你必须拥有一个自我——在更改,你在时空——可感的时空与象征的时空——中的位置在迁移。

诗的变形力的风暴使诗人再也无法拥有任何"安全"。诗人接受这种不安,工作它,用它来应照整个现代历史的不安,在他来说这几乎是一种逻辑。然而,现代诗的这一特性,不可避免地对它的接受造成影响。当诗把诗人从原处拔离,卷扬着丢出于连续性之外时,它同时也就将读者投掷于一种悬疑和运动之中。讨论这个问题的经典文本是曼德尔施塔姆的《论对谈者》,而这篇文章在西方的第一个译者恰恰是策兰。在曼德尔施塔姆看来,诗人之于读者,就像荒岛上落难的人冲着汪洋大海,抛出装着求救信的瓶子,盼望"总会有人"能捡到它;对他来说,这个将救助他的人,既近在咫尺,又远在天边,他的出现一天天地被延期。我当年在读米肖的诗,受它的触动自己开始创作时,心中所怀的感情,也是这样一种孤独和渴待。

米肖的诗有很强的空间感。在他笔下,空间不仅作为一个主题被说出来,而且作为一种机制在运作着。1954 年,他创作了一首散文诗,名叫《属于阴影的空间》,诗比较长,各个段落以碎片的形式存在,絮絮扯扯,仿佛被一只危险而愤怒的手撕裂了。它们组成一段处处中断的口信,由一个遥远的声音发出,依稀传到倾听着的诗人耳中。讲述者的声音所从发出的空间,那个"属于阴影的空间",是一个我们永远无法进入的别处,在那里只有一些幽魂怨鬼,幢幢而动。这个诡异的空间,被讲述者隐约地描绘出来,它同时也被诗的形式本身,或者说它的造形,通过字句与段落的排列显映于视觉。对于那些游移逃遁的魂灵来说,空间本身是一种威胁,阴沉而又残酷:"空间!可你们无法想象什么是真正的空间:一种可怕的内在与外在。"

《属于阴影的空间》并不是直接在写某一种特殊的历史事实或境况。它的创作灵感,可能既来自刚刚发生在欧洲的历史浩劫,也来自作者个人生活的痛苦经历:他的妻子在 1948 年惨死于一场事故中。然而今天读这首诗的人,不能不想起一个具体的历史事件:二战中纳粹集中营对犹太人的屠杀。米肖的诗继承了欧洲一个古老的神话传统,——希腊罗马时代史诗中的"降入地狱"和后来基督教对地狱的许多描述——,并以一种现代特有的极其暴烈的形式,将其再次表现出来。文学传统在米肖笔下聚合为一个个飘摇的人形:一些威胁着又被威胁的魂灵,在一瞬间一闪而现。

米肖的诗动态地体现出一种丧失:本应自然地支持人的生

命的那些东西,忽然被抽走了。同样一种丧失,我多年以后作为研究者接触一类文学作品时,又一次深刻地感觉到。最近二十多年来,我阅读并分析被人们称为"见证文学"的诗、小说和回忆录。这是一种20世纪兴盛起来的文学体裁,指的是那些遭遇过有组织、大规模、毁灭性的政治暴力的人,为记录和思考自己惨痛的经历而写下的作品。在这些作品中,"地狱"一词也常常被用到,但它们与古代神话已毫无瓜葛,而是指称着现实的、历史的、政治性的暴力形式:战争,集中营,种族灭绝。现代人再也无须"降入地狱",地狱现在就建在地面上头,行使着一套官僚制度,被各种各样的技术支撑着。马松所讲的"空间的不安全感",在这种语境下获得一种令人恐怖的含义。

见证文学在20世纪产生了众多优秀的作品,无论在德语、法语、俄语和日语中都是如此。讲起这些文学作品来,恐怕三个小时也说不完。我今天只讲一讲雪,这个我们从一开始就接触到的母题。见证文学,特别是苏联的见证文学,与雪有一种奇妙的不解之缘。1937年,曼德尔施塔姆在沃罗涅日流放地写下一首短诗,对雪做出这样的描绘:

> 雪把喊嚓声送给眼睛,
> 像一块面包那么洁净。

那时,曼德尔施塔姆即将被斯大林政权重新逮捕,遣送到遥远的西伯利亚,最后死在海参崴附近的一个中转营里。他当时还写过一首诗,咏雪上薄冰:"一层冰,灰色的面具。"在他看来,无论是谁,只要有一次"独自审视雪地的脸",就将永远被一种无边无际的荒凉所占据。

曼德尔施塔姆写下这些句子的二十年后,另一位苏联作家沙拉莫夫,在撰写《科雷马纪事》的开卷语时,又一次写到雪,并把这篇开卷语——它同时也是一篇美好的散文诗——命名为《雪地中》。沙拉莫夫对雪是有着切齿的经验的。他在30年代两次被苏联当局逮捕,以反革命托派分子的罪名被判处劳改。第二次监禁为时很长,从1937年夏一直延续到1953年秋。这十六个年头里,沙拉莫夫辗转于科雷马的几个劳改营,对西伯利亚东北的这个营地世界,有深刻的了解。《科雷马纪事》写于他刑满释放返回莫斯科后,是见证文学最重要的作品之一。在这部半是回忆录半是小说的书中,屡次提到了科雷马劳改营独特的空间:西伯利亚东北无边无际的冻土带,这种无边无际本身就是一道藩篱,牢不可破,使任何逃走的企图都化为泡影。在这里,空间本身是一种压迫,特别是当它裹上冰,灌满雪,成为一望无垠的一片白色时。

"怎样在雪地上开一条路?"《雪地中》劈空提出这个问题。这篇开卷语长一页,只有两个段落。第一段写一个男人独自在松脆的深雪上艰难前行,身后留下一串不规则的黑色小洞。第二段写五个男人,并排走在雪地上,沿着第一个人踏出的足迹,在那一串黑色小洞两边,用力踩踏着"还没有人走过的雪"。"他们这样走过去后,路就开出来了。人、雪橇和拖拉机可以由此通过。"

直到这里,文章的描写是现实主义的,它的场景明显是科雷马的冬天,那几个开路的男人肯定是劳改犯。然而,在文章即将收束时,作者的笔锋却忽地一转,荡出现实主义语境,打开一个隐喻的向度:"第一个人的工作最艰苦。当他精疲力尽时,其他五个人中就有一个赶上来,代替他走在前头。而后面跟着走的人,哪怕是最瘦小、最没有力气的一个,也必须在旁边的雪地上蹚出自己的路来,而绝不能把脚步落到别人的足迹中。至于拖拉机和马,它们不属于写作的人,它们属于读者。"这最后一个句子突兀地出现,迫使我们必须从头把文章再读一遍,寻找它的另一层含义:走在最前面的那个开路者,原来就是作者本人;他脚下的洁白的土地,是一页白纸,等待他在上面留下一些"不规则"的黑色痕迹;而其他的踏雪者则是最初的读者,他们沿着作者的痕迹,沿着痕迹指示的方向前进,踩出一些平行的附属的路,并使它们渐渐合而为一。

然而这还不是全部。雪地之白是一种空间的空白,它可以被理解为一道鸿沟,分隔着两个时刻:经历科雷马的时刻和书写科雷马的时刻。这种分隔,作者只能靠他自己孤独的前行来一步步穿越。而后来的读者,却可以借助别的资料,比如历史研究,对其加以弥合。就像沙拉莫夫带着苦笑所说的那样:拖拉机和马全都属于读者。

"第一个人的工作最艰苦。"穿越漫漫无边的雪地,对沙拉莫夫这样的作家来说,是竭尽全力朝一个过去返回,一个可怕的、惨痛的、许多人希望尽快忘掉的过去。科雷马的经历,难道不就是经历自己如何被寒冷吞噬、被雪沉默地抹去吗?那些漫长的年头,在当时残酷得让人丧失所有记忆:"在科雷马的寒冷中,人连他自己都想不起来。"而到事后,又渐渐被一片白色笼罩,在任何人头脑中都无法形成真正的记忆。

然而,这种无法记忆,是否就是记忆本身?是否就是诗?在雪地上,斯蒂文斯那只精灵一样的猫趁着夜色轻轻走过时,也许可以蓦然看到一个人,也在跚跚行走着,可是步子更沉重,更僵硬,而且好像快要停下来了。

冻 僵 的 人

（长诗《证件》节选）

又是他。他的头脑
在想什么？
                    他的自言自语
说的是什么？

他，这个共和国大街上的人？

                              然而我
              一路小跑走过去时，我自己的头脑里
                    是否有什么言语形成？

              ……怕是只有几个生出一半的词吧，

　　　　萌发于激情的苔藓中,披着卢瓦河上横照的太阳。
　　　　　　屋瓦色的苍鹭,因寒冷而叠合;
　　　　　　　白鹭被光照黑,倏而又发光,
　　　　　　迈着谨慎却突然加快的步子,
　　　　　　　走出薄冰裹挟的黄色草丛。
　　　　　　　　它们不是为了谁而存在。
　　　　　　然而蓦然看到时,却如此令人心旌动摇,
　　　　　　　　就像"自然"的一个性的秘密。

这十一月的早晨,我去火车站的路途中央,
他,一个黑人,年龄难以确定,
站在大街上。

　　　　　　　市中心的街道中,这一条最繁华,
　　　　　　　　它也是来自郊区的青年们
　　　　　　　　在市里经常来往的唯一场所。

这个冻僵的人
从哪里
落进这个早晨?

奇怪,他居然
没有(还没有?天刚破晓)被警察哄走。
——奥尔良设立了那么多条例
保证每一个市民
只能遇到"意内事件"。

他从哪里来,怎么来的?
郊区的骚乱和打砸刚刚停止:
夜班汽车和轻轨全部取消。与郊区的联络
一团混乱。也许,这混乱是有意为之。

同一条大街上,去年夏天,我好几次见到过他。
在人群里流浪,长时间地停留,
有时坐到候车亭的长椅上。身上几只包裹,
褴褛散乱,像抓伤,又像纱布。
顶着太阳,坐在几个年轻人中间
(他们时而懒散,时而忽起愤激)。

有一次,离 FNAC 音像店不远,一家服装店门口,
他像是要与谁交谈,含含糊糊地说话,冲着身边站立的人。
黑人?北非人?或者满头金发的半透明的东欧人(波兰移民的后代)?

这些青年的服饰,遵循固定的程式,
但也并非千篇一律,有时甚至个性焕然。
他们的态度,与其说是轻侮,不如说是疑惑,
当他们暂时中断他们对看我被看的渴求时。
不如说是惊愕,或焦虑,
在这可见与不可见的边缘。

三十岁也许还不到。棕黑色的长发一绺绺,
因久不梳洗而粘成小辫儿,
或者某种精心制造的发型的遗容。

描写他?
在这里给予他
被他自己破坏的注意?

现在,他站在刚刚亮起的日光中,十字路口的寒风里。

静止,僵硬,想坐也坐不下去,
面向着匆匆而过的人群。
每个人都在奔向他自己预先展出的形象,
他的又一个必须生活的日子。

一只迟钝的船头，钉在急流中。

他的包袱（还是去年那几只？）罗放在旁边，
——灰色的街面上，行人们猛然发现他时，
几乎得张腿从这些包袱上跨着走过——
一块湿漉漉的面包，绑在一只包袱旁边，
在行人的通道上形成一个凸起。

他庞大如金字塔。他用来包裹自己的
那块透明、扯裂的塑料布，褶子
似乎已经拱进他的身体。
他的衣服杂七杂八，里出外进，
像一层层粗厚的桦树皮。
华丽的遗迹，还可以看出。
时装的残余，皮革，光艳照人的一截下摆……
他从哪里拼凑起这些碎片，来演出
这戏剧性的杂乱？来展现
一个令人迷惘的腐烂中的自我？

所有这些潮湿的破布抵御着寒冷，或者抵御……什么？

辟邪之物——就像叫喊,或手的扭弯? ——在空虚中

衣服下面,哪一个难以想象的身体? 哪一种状态?
他的头脑中
有什么? 有哪些词,
或一半的词,正在等待形成?

　　　　　　　他是否还在向自己许诺:"我会走出去的"?
　　　　　　　他是否还能对自己说:他不是
　　　　　　　站在这里的
　　　　　　　这个人?

　　　　　　　假如一天早上,是我的孩子站在这里,
　　　　　　　背靠着夜的出口,假如……

他没有伸出手,
没有像别人那样
——比如那个绝无仅有的亚洲女乞丐,
她总是站在同一条门槛上,离他
几步之遥,但时间错开——,
在身边放一个塑料口杯,

用里边几个小钱

钓取施舍。

他汗水淋漓地喘着气，把我们二人脸颊之间的空气压缩又分解。

他吐出的雾气立刻化开，——整整一夜，这雾气在他体内冻结成团。

我的脚尖撞上他的包裹的那一刹那，

——讲述？幼稚地以为可以向家人讲述这些？

他咳了一声。水在他脸上成为表情，他吐出一口痰。

我是否被溅我身上？我是否担心——被弄脏，传染？

我刚走过去，又不得不

——让什么牵住，扯了回来——

立刻转身，一边在口袋中找着零钱，

一边对他说："你……是不是……需要……"

他被眼屎黏住的双眼费力地睁开，露出白色眼仁，

在虹膜下微微抖动。

从他的嘴唇里发出一阵微弱的呼哧声——笑？

尿味刺破重重包裹，
形成一个氨气的光环。
絮团团的胡须上，涎水。

我很快地碰了一下他蓦地出现的手。
他没有说一句话。

那一刻会发生什么，
倘若这只手紧紧抓住我，
我这个急着去赶火车的人？
倘若，忽然之间，联系的倾向变成真实？
人们总是说，在施者和受者之间，这样的联系
必然——必应——形成一种依赖，令人畏惧，无法承当……

不过，这个人，

在这个关口，我有些
不知所措。我退缩了。

我不知道还应该说什么，怎么说，

为什么说。

——这个人不光是孤单,而是从社会完全退出——,他肯定没有证件吗?

无家可归,这毫无疑问;偷渡入境,不一定。

身份的区分有时决定一切。
在一个人的"头脑里",它甚至生死攸关。
比如,这个早晨,这条街上,在这个冻僵的人的头脑里,
当他一连几小时,努力对自己说些什么,
专心致志地维持着某种延续时。
——在他里边? 还是外边?

如果凭借这些句子,我寻求的是一种
政治性的证明,我是否刚刚丧失了它?
街头上得到的近似思想的种种感觉
重新涌出时,是否已将所有证明完全淹没?

十二月我又一次见到他,在邮局门口
远远地,站在一群非洲移民之外。

时已近晚。唯一一个包袱抵住墙，
——白色的一卷,被子? ——
他将后背靠在上面，
吹着一只芦笛(从哪里拾来?)。
一只脚,在斜阳照亮的街石上，
打着拍儿。
他好像谁也不看，
好像根本没有目光。

手握一枚硬币,自上而下
我轻轻推了一推。
他的手,就又一次微微伸出。
我碰到他黄褐色的裂纹纵横的手指，
像碰到一块皮子。

以后再也没有过。

附录二

如果这就是生活？

"不。"乌斯曼说，"生这样的活不是我生活。"

我抄写乌斯曼的这句话，至少已是第二次了。他是一个达尔富尔难民，三年来住在我的家中。他说这句话时，正和我一起坐在厨房里。

这句话是皮肤上的一阵寒战。它永远也不会停止，虽然最近一段日子，我看到他一边吹着口哨，一边把一面墙打好粉底刷上大白时，我能感觉到一阵阵畅快，荡过他的身体。

＊

上面的几行文字，摘自我厚厚的一摞笔记，是 2010 年 5 月记下的，距现在已有两年多了。这些笔记今天还在记着，它们不断地变化，此时如此，将来也一样。

179

没有时间的顺序。我想让它们成为一个、许多个搏动的可能性的圈。

*

"不是我生活。"那生活是谁的？它在哪里，发生在何时？

"必须让他们想活也活不下去。"警察局的一位官员这样说。的确，他们的工作，是用冰冷和仇恨，使外国移民理应得到的任何支持，都变得不可能。他们的组织，把每一个看得到的安家落户的兆头，就地摧毁。

*

《移民》，保罗·克利一幅画的题目，作于 1933 年。克利的作品都很独特，但这幅画仍称得上独一无二。

一团白色中的划痕，一对夫妻。灰泥样的空气，褶皱。可能存在的共通元素，被一条条伤口切开。

*

快！这是一场战争，渺小而肮脏。

这就是等待已久的我的战争？集结，以很少的几个词语，——它们即使不是生命，也应该是一个个时刻，存在于生命之间。凝缩，咬牙切齿地。彼此交会的生命，生成有血有肉

180

的瞬间。但愿它们都能被我一一说出，像投弹一般……

投向谁？

*

2010年初，乌斯曼的"证件"仍然没有批准的希望。为了走出死胡同，我们向一位公证人求助，请他为乌斯曼开具一份"名誉验证"。那一天，在公证处办完手续，几位苏丹证人急着上班，匆匆告辞了，剩下的人——乌斯曼，我，还有另外两个法国人——走进一家名叫"快"的快餐厅，坐下来喝咖啡。快餐厅建在一个商业中心里，离火车站不远。每天下午，我都要像强迫症患者一般，来这家商业中心买东西。外面寒风凛冽，积雪结冰，店堂里却很闷热，蒸气从衣服和身体上冉冉地散发而出。当记者的那位朋友忽然讲起他认识的一个穆斯林——阿富汗人？我记不清了——说他们曾经多次亲密地长谈过。穆斯林告诉他，闲谈时绝不能谈论他的母亲。啊，是吗？乌斯曼接着说，在他们那里风俗也是如此。那一天，大概是因为许多人聚在一起帮助他，乌斯曼格外健谈，兴高采烈。他现在讲起法语来，已有不少词汇，可是发音还很糟，特别是断字断词经常出错，这或许是由于他不识字，不能靠书写得到正确的印象。

"你看！"他跟我说，"母亲，跟神是一样的。"

那一瞬间,我是否感到惧怕?

*

1996 年二月,我母亲去世后的第二天。
书房里落地拱窗前,我极力在
    ——后园中雪花莲的毯子,在日出前就可以猜测到。
    然而,被我如此天真地信任着的
    它们的尖利如钉的白与绿,
    乘着夜色变化而成的那些东西,
    我又该怎样写出?——
对我自己、我向我的暧昧折合,
说些什么。

那时,我是否只在试图记录,简单地记录
凌晨五点到六点的消解了一半的沉寂?

嗞嗞声,内外互生地扩散开来:
耳中的血液,墙里的回声,
墙角一台低噪的热水器。
信封和果皮,在声音的边上,阴沉如玫瑰:
汽车,重载卡车,

182

匆匆驶过门前的道路。
原处，卢瓦河大桥上，
时而，一辆火车……

突然，凶猛地，一阵电铃声响起
——冻僵的昏沉的梦？
——或是呼求？命令？

精神的血，哪一道
正迤逦如珠
划开石灰质的时间？

一切又沉静下来。我侧耳听着。一阵嘶嘶声，从狗的黑
色的角质的鼻孔里发出。它躺在厨房的地砖上，裹着棉垫儿，
高高拱起脊梁，抵御从门下和窗缝里灌进来的花园的寒凉。

当时，我是否希望——天真地、鲁莽地——能够不时抓
住——用发黄的句子组成的小小的网——那些可以令人热爱
生活的东西？

也就是说，抓住灼痛？它总是使我返回一种无法决定的
境地。它始终过渡着，在这些人和那些人之间，——哪些人？

始终是何时？——，仿佛一件物品，只有靠从手到手的滑动，
才能存在。

不对，全然不对。刚才我写下的这些句子，说得太多。

*

1995 年春季的一天，圣塞茜尔养老院的病房。
天气迟钝，
我的母亲活了下来。

房间里唯有一把椅子，绿色仿皮漆布。
她已不能走动，坐着，消耗
一个个钟点，像是睡着了，
直到有人走过来，扶起她，或是抱起。
她的眼睑没有完全合上：淹溺的眼窝中
有一条细细的缝，我能察觉出来。

我茫然地望着正方形的合金窗户。
人造丝窗帘，一股凋谢的气味。
这样熟悉，与我预想中的情景
完全相同，除了灰尘

——物的疲惫，形的坍塌。

我转身面向她。"我得走了。"我说。

"我得去干活儿。"

干活儿？这个词——像煤黑的手指在往日的灰白上留下的指印——在我们两人之间，有一段苦涩的历史。好几次，母亲跟我讲起她的母亲。被送进养老院时，外祖母曾经跟她这样说："我干了一辈子活，到头来你们又把我送到这里。"一个诅咒？对没有尽头没有出路的"活儿"的恐惧？

她微微睁开眼，低声说："为什么？"

"那你是想让我留下？""留下！"

"为什么？"我问她，用同一个问题，

语气疾速，几乎含着恶意。

不可遏止地，一个徒然的句子马上就要脱口而出：

"何必呢？要不了两分钟，你就会全都忘了。"

她小声嘀咕出一串声音。只有一句话，

微弱地，我能听懂：

"因为没有人"。

＊

另一天,1991 年 4 月的一段笔记。昨天晚上我难以入睡,随手拿起一个旧笔记本翻看时,偶然读到它。

那时,母亲还没有进养老院。

父亲把她送到我家来,过上几个小时。我们忙忙乱乱,有点儿想

把她忘在一边儿。她坐在扶手椅里,与绿色一起深陷下去;

双手挥舞,不停地划着空;忽然,食指一伸,

在别的疯狂、阴沉、威胁的话语里,

嘟嘟囔囔说出一句:

"还有的人,就要死了!"

＊

这些笔记,怎样剥除包裹它们的剧情? 使它们摆脱一切姿势和表演? 这些做作的成分,由记录着的我而生,渺小却又难以克服……

这些笔记,本想通过一个个转瞬即逝的对象,形成某种言说。可是,它们自身披有的保护,把它们与对象隔离开来。这

种保护,我如何才能拆掉它,不间断地?

这些笔记,何时才能在一种严厉的摊开中,找到它们的形式?仅仅是摊开,就像扑灭在墙上的一个昆虫?

*

"如果这就是生活?"

弗吉尼亚·伍尔芙,《日记》,1928 年 11 月 25 日。

"日子就是这样一天天地过去了。我有时问自己,我们是不是被生活迷住了,就像孩子被一只银色的球迷住一样。如果这就是生活?它是这样灵动,闪着光,令人激动不已。然而也许同样浅薄。我很想把这只球捧在手里,轻轻地抚摸它,圆圆的,光滑而又沉实;就这么拿着它,一天接一天。我大概要读普鲁斯特。往回走,再向前去。"

*

2007 年 7 月 29 日晚 8 时 45 分。从老旧的落地拱窗里,可以看到后园里那些重重叠叠的枝、茎、叶。它们饱含着雨水,或远或近,被正在落去的阳光照耀着,明暗不同,映现出一抹抹褐绿、粉蓝和淡紫。

植物各自生长在偶然里,我的目光和姿势也一样。

——忽然，一切都变得确切，开始悄悄震颤，搭配协调。

空气微含酸性，佩卢吉诺的空气！随机变化着的音乐燃烧起来，不断地更新。

这是

> ——"这"从来不曾像现在这样向人敞开，向着"我们"的无的宇宙。然而，脸贴着玻璃，我的自我诉说生成一个"我们"，窒息了我，把我变成一块乏味的糕饼——

一个惊奇，

不可理喻。

*

1949 年还是 1950 年？一个周日的晚上。

窗玻璃涂成暗蓝色，1944 年 6 月夜间空袭的遗迹。好久，它们就这么保持盲昧，因街上的灯光而眩迷。

色彩的气味扰乱了时间。剪影在喘息，它们的质料是剥了皮的水泥，或者锈迹斑驳的黑色金属。

在匆匆回家的人流中，在橘红色的长天下，忽而挺现出一个水塔，一座煤气球罐……

涂鸦画——在哪一种底子上？——童心盎然地画着吃人

的诱惑:

战争的闪光。

※

还有毛茸茸的黄色。枝头上剩余的几只楰梓
不规则地圆满,带着皮上的颗粒

……2009 年 11 月:在这些感觉中,没有任何一个是必然
的,关系到生和死。然而正是它们的偶然,把某种东西给了
人。剥夺,用有组织的仇恨去剥夺这种东西,是可怕的。

※

一种无限宝贵与温柔的奇迹。

这句话,出自莱奥帕尔蒂的《杂记》。它被我抄在 1991 年
到 1992 年的本子上,距今至少有十八年之久。记得太简略,
简略得几乎愚蠢,我没有标上任何稍为详细的出处!

古代诗人用寥寥数笔,来展现事物的片鳞只甲。他
们的想象随意地遨游,运动于一片混沌冲融的意念当中。
这些意念宛如孩童的想法,它们的来源,是对一切的茫然

无知。譬如，一个田园景色，古代诗人只用简笔将它写出，几乎没有景深感，却能让自己的想象凭借着它，天河一般起伏波动，荡漾出许多模糊而闪光的念头，无可定义的传奇，荒诡的幻觉，还有一种无限宝贵与温柔的奇迹，就像孩提时代让我们心醉神迷的那些奇迹一样。

"一种无限宝贵与温柔的奇迹。"奇迹，能出现在回光片影式的笔记中吗？

*

我接受对生活的赞同。这种赞同与简单的、最低层次的自我承认很相似。也许，它不过是在重复着人在第一步就已采取的某种态度，因而可以被忽略。

这种赞同

——像水下布满斑点的小石子，活泼地、僵直地，它又颤动了一次——

很久以前就形成。随着生命的进程，它一遍遍重新出现。

这种赞同，依靠着一个粗朴的信念：我们一生中曾经得到、现在仍然不断得到

——即便在睡梦中，脸颊枕着什么东西——

支持。而那把我们托到光亮之中的,似乎是一只人的手。

是的,有一个人渴望着——从哪里? 谁? ——我们能生活下去。

*

我读到过也听说过:二战时期被关在纳粹集中营的那些犹太少女,比如安娜-莉兹·斯特恩,常常怀有这样一种信念。那就是有一件东西,她们必须带回给她们的母亲:她们的生命。

*

"白、无限白的某个东西。"恐怖的颜色? 所有纽带断裂,最基本的信任消亡。

我真想在这里能有足够的篇幅,把扬尼斯·里索斯的一首诗全部抄下来。写这首诗时,他关押在希腊的一座苦役营里。这首诗让人痛心疾首。它写的是最基本的信任感,在苦役营的囚徒之间,怎样悄悄地丧失殆尽,只剩下一片无可名状的灰暗。

诗首先写到一个想开口说话的囚徒:

191

没有人

还相信他，还看他一眼。——他爱说什么就说什么吧！

在表述这种不复存在的信任时，里索斯发明的意象何等
准确！以一种残酷的精当，他把不可能当作模子，将一个个意
象在上面塑造成形。

我们不害怕这害怕的人，一点儿也不。一面窗子
从上面，从五楼，把青白的光投到他身上，
照亮他的脸，给他戴上一个玻璃的面具。

                                        而我们
我们就举起双手，捂住脸，像要躲避什么
或托住一面倾倒的墙。从我们的指缝里
落下石灰渣、碎石子、灰尘和镶铜的配件；
我们低下身，捡着，却不至跪行在他面前。

而后，"白色"来临，一种可憎的平静：

对面，镜子映出白、无限白的某个东西——

一只破旧的骨制梳子，浸泡在一杯水中。

水光沉静，在杯子里，在镜子底部，在天上。

（雅洛斯，1968 年 5 月 24 日）

＊

乌斯曼跟我谈起他的外祖父。父亲在尼亚拉去世之后，乡下的外祖父收留了他们一家。他同乌斯曼的母亲说话时，使用一种谁也听不懂的语言。乌斯曼从达尔富尔逃走后不久，外祖父就去世了。家里再没有别的男人，这让他很焦虑。撇下女人们独自面对……，面对什么？

乌斯曼说话总是很慢。时间，借助语言的障碍，进入他的思想。这缓慢的语流，时时呈现着某种形象，抖动在那里，几乎无声无息，却能倾诉几十个年头，许多次跨越非洲的行程。

有一天我问他："乌斯曼，你觉得美是什么？"

他那时还没有开始粉刷我家的墙壁。后来，他一旦干起来时，把一切安排得多么精细，多么富于情趣！颜色的细微差别，好几种白，略带灰色的赭黄……

美？就是我做好了一个东西，用木头，或是陶土，摆在屋子里，谁都能看到它。谁都能，而且不止一次。我母

193

亲,我的姐妹……

*

走进花园,五月雾蒙蒙的清晨。

一个古老却始终幼小的乌托邦:具有小人国那样的注意力,又有能力把它立刻书写出来。当孩子还只有一半的性别时,他的好奇心可以汇成涓涓溪水。向着这些溪水,向着一切,我想伸展而去,像树枝一般,拨开植物们闪烁如珠的柔软肉体……

在所有关系、所有的退却和崩落中,我想指引一群黑色昆虫;它们的名字我叫得出,但它们仍然让我惊奇;

我想暗示词语,并借着这种暗示,消失,被真实

完全吸收,——它即将闭拢,唇贴着唇,终于从未存在。

*

从房子里射出的灯光坚硬。有人站在门槛上喊着——:

你给我……

一个孩子正在骑车离去。车的前灯歪斜,耷拉在挡泥板上。一团半粉半黄的光,随着一段段出现的碎石路颠簸。车

链子的响声,与黑色雨水的噼噼剥剥,已经混成一片。

——喊着,声音里满含怒气:

至少,你给我活着回来!

图书在版编目(CIP)数据

谁，在我呼喊时：20世纪的见证文学/(法)穆沙著；李金佳译.
--上海：华东师范大学出版社，2015.3
ISBN 978 - 7 - 5675 - 2842 - 0

Ⅰ.①谁… Ⅱ.①穆…②李… Ⅲ.①文学研究—法国—现代
Ⅳ.①I565.065

中国版本图书馆 CIP 数据核字(2014)第 295686 号

华东师范大学出版社六点分社
企划人 倪为国

轻与重文丛

谁，在我呼喊时：20 世纪的见证文学

主 编　姜丹丹　何乏笔
著 者　(法)克洛德·穆沙
译 者　李金佳
责任编辑　高建红
封面设计　姚 荣

出版发行　华东师范大学出版社
社 址　上海市中山北路 3663 号　邮编 200062
网 址　www. ecnupress. com. cn
电 话　021 - 60821666　行政传真 021 - 62572105
客服电话　021 - 62865537
门市(邮购)电话　021 - 62869887
地 址　上海市中山北路 3663 号华东师范大学校内先锋路口
网 店　http://hdsdcbs.tmall.com

印 刷 者　上海中华商务联合印刷有限公司
开 本　787×1092　1/32
印 张　6.5
字 数　85 千字
版 次　2015 年 3 月第 1 版
印 次　2015 年 3 月第 1 次
书 号　ISBN 978 - 7 - 5675 - 2842 - 0/I · 1294
定 价　38.00 元

出 版 人　王 焰

(如发现本版图书有印订质量问题,请寄回本社客服中心调换或电话 021 - 62865537 联系)